# NEM SINAL DE ASAS

Editor
Eduardo Lacerda

Assistente editorial
Ricardo Escudeiro

Revisão
Yara Camillo

Capa
Leonardo Lott

Diagramação
Alessandro Romio | Instagram: @romioland

Administrativo e comercial
Pricila Gunutzmann

Dados Internacionais de Catalogação na Publicação (CIP)
Fabio Osmar de Oliveira Maciel – CRB-7 6284

---

D192n    Dantés, Marcela

Nem sinal de asas / Marcela Dantés.
– São Paulo : Editora Patuá, 2020.
232 p. ; 20,5 cm.

Capa de Leonardo Lott.

ISBN 978-65-5864-009-7

1. Romance brasileiro. I. Título.

322-043-20    CDD : 869.93

---

Índice para catálogo sistemático:
1. Romances: Literatura brasileira 869.93



Editora Patuá – Livraria Patuscada
Rua Luís Murat, 40
Vila Madalena – São Paulo – SP
(11) 96548-0190
editorapatua@gmail.com
www.editorapatua.com.br

# NEM SINAL DE ASAS

MARCELA DANTÉS

Assis,

Agualusa e

Antônio, claro.

Aliás, me diga, você percebe alguma
coisa de carpintaria? Você sabe por que
meteram um boi naquele estábulo ao
invés de um pequeno rinoceronte?

.Fevereiro. Matilde Campilho.

**LEILÃO DE HERANÇA VACANTE**
**Primeira chamada**

APARTAMENTO, 9º PAVIMENTO,
do CONDOMÍNIO EDIFÍCIO HOTEL LUCAS e
correspondente vaga de garagem nº 718A,
localizada no subsolo 1.

Área: 98,940m² (incluída a área de 2,80m²
ref. ao depósito nº 718 localizado no subsolo 2).

Dividido internamente em: sala de estar/jantar,
varanda, corredor, 01 suíte, 02 quartos, lavabo,
cozinha, área de serviço, banheiro de serviço e
laje técnica.

Matrícula nº 237.502

DESOCUPADO.

Fechamento: 18 dias, 4 horas, 15 minutos.

# 01

Tem cheiro de carne queimada. Para Anja, qualquer febre é um grande transtorno. Porque dói. Porque a sua pele nunca se recuperou totalmente e, quando a temperatura corporal aumenta, todas as suas células ardem e as lágrimas saltam dos olhos como se fossem eles os culpados daquilo. Anja nasceu prematura, há quarenta e um anos, dois meses e alguns dias. E Dulce, sua mãe, sempre achou que foi por isso que não deu tempo de a pele ficar branca como ela sonhava. Ela preparou e seguiu, diária e compulsivamente, uma reza forte que devia durar até o fim das quarenta semanas de gestação, mas Anja fez o favor de chegar antes, em uma tarde de tempestade, céu negro e pesado, em que se completavam insuficientes trinta e sete semanas.

Anja Santiago é a única filha de Dulce e Francisco. A mãe, branca como a neve enquanto cai, e ele, preto como chocolate amargo. Dulce sempre supôs que a mistura dos dois resultaria em uma pele parda, um tom até bonito que não deixaria dúvidas de se tratar de uma pessoa branca, ainda que constantemente bronzeada. Era isso que ela esperava, mas idealizava mesmo uma criança branquíssima como ela, essa gente que fica cor de rosa depois de quinze minutos ao sol e que combina com tudo.

Nasceu Anja, pretinha feito o pai. Três quilos duzentos e oitenta gramas envoltos em pele escura, e isso era tudo o que Dulce pensava enquanto olhava aquele bebê ainda sujo de sangue e vérnix que colocaram no seu colo cansado (e branco), depois de doze horas de muita dor, berros estranhos que não pareciam seus, a sensação de um corpo que se rasga ao meio e pessoas dizendo você é forte, você dá conta, e agora, como dar conta daquilo?

Passadas as primeiras semanas no susto, nos olhos escancarados durante a noite e nos bicos dos peitos em carne viva, Dulce já conseguia respirar novamente e lhe pareceu boa ideia mergulhar um pequeno chumaço de algodão no suco de limão e passar delicadamente no corpo miúdo da filha. Ah, se ela fosse um pouco menos preta. De fato, as bolhas que se formaram numa tarde de sol suarento e sufocante e depois a pele fina e rosa que apareceu por debaixo delas eram mesmo muito mais claras que a pele original. Anja sempre pensa nisso quando está com febre. Como hoje.

Como ontem, também. E no dia anterior. A essa altura, nada do que está ao seu alcance pode ajudá-la a baixar a temperatura do seu corpo exausto. Ela já desistiu dos banhos gelados (e dos quentes), das toalhas úmidas na testa, do chá de salgueiro branco que costumava funcionar quando era adolescente. Dizem que pisar em rodelas de cebola fresca também é um ótimo remédio, mas seria custoso demais sustentar em pé o que restou. E não funcionaria. Anja sente a sua dor em silêncio, sabe que vai morrer e não tem medo. Também não tem paciência para cuidar dos detalhes minuciosos e muito chatos que envolvem a morte de alguém. Ou pelo menos a sua, já que, quando Dulce parou de respirar pela última vez (sim, houve outras), foi ela, e só ela, que cuidou de absolutamente tudo. Foi ela que passou cuidadosamente a ferro o vestido florido que a mãe ia vestir; que se lembrou, antes de ir sozinha para o cemitério, de colocar na bolsa o vidro de perfume já quase vazio de Dulce; e que fez o último cheque nominal para o mal-humorado médico que nunca faltava à sua visita semanal, que quase nunca dizia mais que cinco frases e que assinou, em silêncio e com grande concentração, o atestado de óbito de Dulce e, logo em seguida, sem que ela pedisse, uma receita de uns remédios em seu nome, que deixou ao lado de um papel com um número de telefone e a frase você pode me ligar. Ela já tinha aquele número, tinha acabado de ligar, a minha mãe morreu, vem aqui, acabou. Seu tio Jesus, depois que Dulce já estava a sete palmos do chão – cheirosa e bem-vestida –, se ofereceu para ajudar no que fosse necessário, como se ele não soubesse que era tarde demais. Mas ele sabia, era tarde demais.

Já na própria iminente morte, Anja não se importa com nada disso. Ela simplesmente vai deixar de ser Anja Santiago, uma mulher um tanto calada que odeia o próprio nome. Fora Dulce que o escolhera, antes mesmo de ela nascer. Na verdade, tinha acontecido antes que se soubesse grávida: ela sempre desejara uma filha, uma menina que chamaria Anja. Dizia, orgulhosa da sua sagacidade e certa da inveja alheia, que era o feminino de anjo, uma história tão espalhafatosa quanto ridícula, todo mundo sabe que anjos não têm sexo. E é justamente por isso, porque odeia o seu nome e suas razões, que nas raras ocasiões em que alguém lhe pergunta, Anja diz que se chama Ângela.

E agora está se acabando.

Qualquer pequeno esforço lhe custa muito e ela pensa bastante antes de tomar alguma atitude drástica, como ir até a geladeira encher um copo com suco de laranja já bastante passado. Ainda que o alívio momentâneo lhe pareça tentador (ela está com sede), lhe assombra a ideia de, depois, ter que lavar e enxugar aquele copo, a mão de pele fina e unhas quebradiças contra a bucha e esta contra a parede curva de vidro, uma energia fundamental que agora lhe falta. Anja vai morrer e não quer deixar qualquer coisa para que outra pessoa tenha que arrumar. Recolherá ela o próprio lixo, molhará as suas plantas, limpará os orifícios do seu corpo a cada vez que utilizar o banheiro, o que acontece cada vez menos. Morrerá como viveu: sem precisar de ninguém. E morrerá ali, seu lugar favorito no mundo, o apartamento que é seu há tanto tempo, o carpete azul que, ressecado, já não acaricia os pés, mas que ainda é o seu carpete azul.

Já se passaram quase vinte anos desde que Anja entrou pela primeira vez no Edifício Hotel Lucas. Fazia bastante tempo que ela procurava um lugar para morar quando viu o tímido anúncio nos classificados: um apartamento espaçoso em um prédio com nome estranho e um aluguel que não assustava. Do lado de fora, era um gigante cinza como os outros quatro que ocupavam o mesmo quarteirão, mas bastava atravessar as imensas portas de vidro verde laminado para entender que o Edifício Hotel Lucas talvez fosse o melhor dos gigantes. Aquele prédio fora, por muitos anos, um dos mais importantes hotéis da cidade, antes que a indeclinável globalização permitisse que as famintas e sólidas redes hoteleiras internacionais destruíssem todos os negócios locais, com seus preços subcompetitivos, funcionários bilíngues e shampoos dois-em-um desenvolvidos por marcas de renome, com testes em animais e aromas capazes de transportar qualquer hóspede a um olimpo onde se paga à prestação. Quem pagaria mais, por menos? Para sobreviver, o dono do Hotel Lucas, um jovem que herdara o negócio do pai e não estava preparado para os desafios do capitalismo e nem da calvície, precisou transformar aquela estrutura imensa de arquitetura perfeita em um prédio residencial, mais um. A arquitetura continuava perfeita, os elevadores com botões e acabamentos em dourado, mas o tempo, a falta de manutenção e as mudanças na dinâmica da cidade, que fizeram daquela região outrora nobre um espaço escuro, vazio e relativamente perigoso, transformaram o Edifício Hotel Lucas em uma versão decadente e um pouco triste do que havia sido o projeto anterior. O dourado em abundância, que contrastava com as camadas de tinta descascando que não combinavam de forma alguma com o pôr-do-sol que, visto dali, era um dos mais bonitos da cidade.

A mudança foi silenciosa. Anja não tinha patrimônio, era como se a vida começasse naquele momento. Sem caminhão, sem plástico-bolha, sem poeira e sem objetos perdidos e depois encontrados para ressuscitar memórias que deveriam continuar mortas.

Ela caminha atucanada por dezenas de topa-tudo e vendas de garagem que ficam, convenientemente, muito perto de sua nova morada. Ela é boa de contas e entende rápido que o número picado que aparece em seu extrato bancário é que vai decidir o que vai compor a primeira decoração daquele apartamento. Escolhe um colchão de solteiro, dois bons jogos de lençóis e um cobertor, uma toalha grande e a geladeira, sua única compra parcelada. Novos, só os tecidos, mas o cobertor não. O cobertor já havia sido de alguém, qualquer pessoa que ela não conheceu, uma pessoa normal que devia dormir durante a noite, trabalhar durante o dia, pagar as suas contas (talvez com atraso) e, depois, um belo dia (ou chuva), vender o cobertor por razões que ela nunca saberia. Quem vende um cobertor? Ela mesma guardava em alguma caixa na casa de sua mãe uma colcha de seus anos de criança, azul com flores brancas, bonita e idêntica à que apareceu na revista uma vez. Ela se sentiu tão importante, a sua coberta na revista! E agora é curta demais, porque de criança Anja sente frio nos pés, mas ela não venderia, nunca venderia. Azul com flores brancas, bonita. Bonito o cobertor, todo cinza, sem flor nenhuma. Pega as lâmpadas para quase todos os cômodos. Assina três cheques naquela manhã de quinta-feira. Chega atrasada no trabalho.

Eu tô me mudando,

eu vou me mudar.

Diz em voz alta, mas não fala com ninguém, todo o mundo ocupado demais.

Responde, porque, além da matemática, é boa também nisso de ser sempre muito polida.

Que bom, que bom.

Fecha os olhos e enxerga o apartamento inteiro, as grandes janelas e o carpete azul e a varanda que, vista do ângulo certo, poderia ser um quintal. Devaneia de olhos fechados até que alguém chama por ela, ela vai, tira a pressão, enxuga a testa e diz que vai ficar tudo bem. Com certeza é o calor. É bonito o carpete azul, devaneia de olhos abertos. O único móvel que levou da casa de Dulce foi a sua mesa de cabeceira, um cubo colorido que a acompanha há muitos anos, cheio de quinas e segredos, um objeto qualquer que não fazia muito sentido em existir enquanto não houvesse uma cama. Passou a deixar as suas leituras no chão, ao lado do colchão, onde os olhos e as mãos alcançavam com facilidade. As roupas ficavam dobradas em cima de um caixote de madeira e o casaco de inverno (como se houvesse um) pendurado na maçaneta da porta do quarto. E perto dela, sempre perto dela, o cinzeiro estampado com flores coloridas e bem desenhadas que ela havia comprado já há muito tempo, quando começara a fumar só porque não sabia mais o que fazer. E o carpete azul nos três quartos e no corredor, muita cor pra muito vazio. E aquilo era o céu. O apartamento imenso e vazio e imenso amplificava os sons de uma forma divertida e, às vezes, quando ela cantarolava, podia sentir cócegas na orelha, e a sensação era a de que se estava em uma festa animada e muito cheia de pessoas.

(Mas isso foi antes, e agora já fazia tempo que ela não cantarolava.)

E todos os meses Anja escolhia o que compraria com o que sobrasse do seu salário, e as pessoas naquelas vendas de garagem já conheciam a mulher calada que voltava sempre no começo do mês e já guardavam as coisas boas de verdade porque Anja tinha um olho bom e em qualquer lugar do mundo um negociante gosta de quem sabe valorizar os seus produtos. Aos poucos aquele apartamento tinha tudo o que ela precisava. Um gato, inclusive, elegante e sério, cinza e sábio, chamado Rinoceronte. Manco e louco. Tinha mesa de jantar e seis cadeiras que, certa vez, nem três meses depois da mudança, foram ocupadas por colegas de trabalho que comeram com ela. Fez uma massa e abriu um vinho, recebeu orgulhosa os elogios que lhe eram devidos, riu mais alto do que estava acostumada e logo se sentiu muito cansada. Esperou pacientemente que eles fossem embora. O resto de vinho nas taças, um pouco de vinho na cabeça. O cinzeiro repleto de restos de cigarro que não eram seus, guimbas sujas de batom vermelho e ela nem tinha batom algum. O vinho na cabeça, o cigarro nos dedos. O cigarro nos lábios. O gato no armário. O medo nos dois. A verdade é que, assim como Rinoceronte, que passara toda a noite escondido, ela não gostava muito de gente, preferia o silêncio de uma noite escura. Os pés em cima do carpete áspero e azul e o resto do corpo em cima dos pés. Sozinha e pela centésima vez, ela examina com os olhos e as pontas dos dedos todos os detalhes daquela casa que estava montando com seu trabalho, seu dinheiro e seu bom gosto. Sozinha era como ela gostava de ser e nem era culpa dos colegas, que eram interessantes na medida em que cuidadores de idosos cansados e mal pagos podem ser interessantes. Era algo que ela carregava em si, desde muito pequena, uma solidão incorrigível e áspera (azul). Algo que, como tantas outras coisas, irritava profundamente a sua mãe.

*

*A polícia chegou com toda a sua inabilidade para ser discreta. Três viaturas, as sirenes ligadas, quatro homens em cada carro. O que eu acho muito errado, porque mora muita gente aqui e ninguém precisa passar por esse susto logo no começo da manhã, antes de começar mais um dia de trabalho que não precisa disso para ser difícil. E tudo por conta de uma mulher que já tava morta e que não devia pesar nem sessenta quilos. Doze homens e, no fim das contas, nenhum dos carros tinha autorização para levar o corpo embora. O nome disso é ironia. Ou incompetência. Tiveram que esperar o Instituto Médico Legal chegar e fazer todos os muitos procedimentos burocráticos e depois um médico para emitir o atestado de óbito, como se houvesse ainda alguma chance de ela estar viva. Ironia de novo. Tiveram que procurar, por horas e horas e em vão, alguém que pudesse reconhecer o corpo. Não podia ser eu, o porteiro velho e estúpido. Nem qualquer pessoa que não fosse da família. Disseram que ela tava morta há pelo menos cinco anos, eu sei porque é o meu trabalho saber. Coitada. Ninguém deu falta da mortinha. Ninguém procurou por ela, nem disse que tava desaparecida ou fez um daqueles cartazes que são todos iguais, a foto e o desespero. Se alguém tivesse procurado, a polícia saberia. Eu acho que eu não reparei ou achei que ela tinha se mudado, sei lá. Ela não era exatamente muito falante, principalmente comigo. Tão falando que era meu trabalho saber, mas aqui as pessoas vêm e vão. Só que ela não foi, né? Morreu. Morreu enquanto eu trabalhava.*

*Eu não consegui ver o corpo, os policiais não me deixaram entrar, o médico também não. Os do Instituto Médico Legal nem sequer falaram comigo, é como se eu fosse invisível. Mas fiquei na porta, o tempo inteiro acompanhando tudo. É o meu trabalho e o seu Alberto me pediu, pela segurança de todo mundo, porque as pessoas perguntam, porque as pessoas ficam preocupadas, tem muita gente morando aqui. De todo tipo. Gente que trabalha e gente que perambula. Que acorda cedo ou que nem dorme. E o Alberto é um bom síndico, eu faço questão de obedecer. E aí, assim que eles saíram, eu entrei. Eles deixaram a porta aberta, com aquela faixa preta e amarela impedindo a passagem, mas não a visão. Faixa zebrada que é o nome. E todas as coisas da Ângela lá dentro, expostas para quem quisesse ver, para quem estivesse disposto a fuxicar. E isso eu não acho certo. Então eu entrei e, quando saí, fechei a porta. Deixei a faixa intocada, é claro, mas protegi a intimidade da mortinha. Não tinha muitos móveis lá dentro, e os que restavam pareciam cansados de existir. O que mais me impressionou foi o cheiro. Era um cheiro forte, mas não era ruim. Fruta muito madura, quase perdendo. Achei difícil respirar ali, mas não era um cheiro ruim.*

*As plantas tavam todas vivas.*

# 02

Rinoceronte não era o que se esperava de um gato de rua. Era destemido, mas bastante lento (manco desde quando?) e foi essa falta de pressa que colocou aquele gato e aquela Anja no mesmo endereço. Ela no ponto de ônibus, como em todas as outras terças. O trânsito manso, porque cinco e meia da manhã, o asfalto ainda se preparando para tanto porvir. O gato tranquilo, porque cinco e meia da manhã e porque as madrugadas são dos gatos. O ciclista apressado porque (cinco e meia da manhã) alguma coisa estava acontecendo. O som de um gato sendo atropelado é muito mais o som do gato do que do choque, porque o gato grita e continua gritando enquanto dói e tenta fugir e não consegue e então grita mais um pouco. O som de um gato gritando é horrível, sobretudo de madrugada.

Cinco e meia da manhã.

O ciclista para, mais assustado que o bicho, mas Anja vê nos olhos dele que por alguma razão ele não deveria estar ali. De um jeito torto, sendo sempre Anja, cuida dos dois como pode: vai embora, resolve sua vida que eu me viro. Veterinário, remédio, o que for preciso. O ciclista de volta na bicicleta antes mesmo que ela terminasse de falar.

Anja, o gato e uns gritos em seu apartamento, como se não esperassem por ela em outro lugar. Não é veterinária, mas entende um pouco de ossos e decide que todos ali dentro estão inteiros. Fora um susto, a pele esfolada, sangue também, mas ninguém morreria. Anja oferece água, um resto de atum e um nome. Ele aceita tudo. E assim, Rinoceronte fica.

É essa mesma falta de pressa que faz com que Anja conclua que é um gato idoso. Por isso, ela vivia angustiada esperando a sua morte e acordava todos os dias rezando para que ele abrisse os olhos e tivesse força e vontade para gastar as suas unhas afiadas no couro do sofá, só mais uma vez. Rinoceronte mancou sem pressa por mais quinze anos e meio, o que significa uma de duas coisas: ou era um gato jovem quando chegou ou era um gato feiticeiro por toda a sua vida. Ainda que não admitisse e nem mesmo tivesse coragem de dizer isso em voz alta, Anja acreditava na segunda hipótese.

Ele não era silencioso e sempre foi consideravelmente mais desastrado do que se imagina que um felino pode ser. Andava pela casa derrubando os vasos de plantas, engasgando com a comida, tropeçando em tapetes e embolando as quatro patas nas cobertas. Cada uma dessas não gatices fazia com que Anja gostasse ainda mais do bicho e ela ficava principalmente enternecida nas vezes em que ele tentava saltar de um móvel a outro (ele sempre tentava) e, errando os cálculos, acabava invariavelmente no chão, o barulho seco que já não assustava nenhum dos dois. O regulamento interno do Edifício Hotel Lucas era claro no que tangia aos animais de estimação: não seriam permitidos, em nenhuma situação. Em hipótese alguma. Não, apenas não. Entretanto isso nunca fora um problema: Anja não o considerava um animal de estimação. Rinoceronte era um animal selvagem com quem ela dividia a casa, era diferente. Tinham afeto um pelo outro, sim, mas não era isso, de forma nenhuma, que determinava a existência de um e de outro. Ainda assim, para evitar dores de cabeça, Anja costumava enfiá-lo inteiro em uma sacola de feira, nas ocasiões em que precisava passar pela portaria, sob o olhar atento e a língua veloz de Ramiro, esse sim o único animal de estimação que era aceito naquele lugar.

O porteiro estava lá desde o primeiro dia, e ela tinha certeza que continuaria ali por muitos anos depois de sua morte. Talvez ele fosse um pouco feiticeiro também, ou talvez só lhe faltasse coragem para morrer. Os poucos cabelos que lhe restavam já estavam brancos, a voz começava a falhar, a gargalhada soava cada vez mais desesperada. E ele continuava ali, sentado na cadeira que tentava imitar couro, a coluna torta, as palmas das mãos segurando o rosto que parecia querer descansar no chão. Conversavam pouco, só o suficiente para que Ramiro conseguisse dela o que quisesse. No começo eram bobagens, Ângela, você pode subir com isso e deixar no quatrocentos e um, por favor, você não se importa de ficar aqui só enquanto eu tomo um café, não é mesmo. Mas foi tudo aumentando em frequência e intensidade, à medida que Ramiro entendia que Anja não sabia falar não, principalmente se sentisse ameaçadas a sua parca segurança e a sua imensa vontade de ser invisível.

E ele ficava lá, todas as rugas acumuladas com raiva numa pele ressequida.

Você sai bem cedo, né? Fico pensando qual é o tipo de trabalho que faz, que precisa de você de madrugada. É, no mínimo, suspeito.

Eu preciso chegar cedo, mesmo.

Mas dá tempo de ir na padaria, não dá? É que meu cigarro acabou.

A padaria ainda tá fechada, seu Ramiro. Ainda tá muito cedo.

Então me dá o seu, eu te pago depois. Quando chegar no seu trabalho misterioso, você compra outro.

Eu nem posso fumar lá.

Anja entrega o maço quase cheio. E ele nunca paga de volta. Ela não se ressente pelo dinheiro, mas pelo abuso. E os anos correm, porque é assim que tem que ser. E agora já quase não se veem, porque Anja evita ultrapassar a sua porta e, diante da morte, não tem tempo para as mágoas, mas continua fumando. Não se esqueceu, não perdoou, mas não pensa mais nisso. Não pensa nem mesmo no pior dia, no dia em que foi mais infeliz: quando os dois subiram juntos no elevador, quando a luz acabou num estrondo, quando Ramiro ficou muito mais perto do que precisava; quando as mãos dele, que pareciam tão grandes, corriam ásperas pelo seu corpo. Quando a respiração dele, estúpida e quente, acontecia no seu pescoço e em muitas outras partes além e esse antigo e detestável hotel que não tinha um gerador decente. Foi um dia horrível, sim, mas agora ela precisa cuidar de morrer em paz e de aliviar a dor, quando isso for possível.

Se isso já foi possível.

De dor ela entende mais do que gostaria. Não só pelas próprias, que seriam suficientes para se começar uma coleção, mas pelo seu trabalho, que fez com que ela conhecesse muitas formas de agonia, algumas que não cessavam nem mesmo com uma combinação obscena de medicamentos que queimava as veias finas de pessoas que já tinham vivido demais.

Ela nunca gostou de tomar remédios, conhecia muita gente que sim. Calavam a dor, mas também interferiam na sua percepção do mundo. Por isso, antes, preferia esperar passar, quando era uma dor de cabeça, alguma coisa no estômago ou mesmo a sua pele se afogueando outra vez. Mas agora a dor não passaria, qualquer um daria esse óbvio diagnóstico, nem precisava ser íntimo da morte como ela. Ela morria e era uma nova Anja que tomava toda a sorte de remédios, sem se preocupar com o drama das bulas e com a névoa que enchia sua cabeça. Queria passar os últimos dias com um pouco de dignidade, se ainda fosse possível. E a névoa espessa ajudava, já que não deixava que ela visse com clareza o seu corpo se acabando. Já fazia muitas semanas desde a última vez que vira a si mesma num reflexo dolorido e terminal. No dia seguinte, assustada com aquela imagem, guardou o grande espelho da sala embaixo da cama de casal do quarto de hóspedes e cobriu com jornal aqueles do armário do banheiro e atrás da porta do seu quarto.

Agora, sem espelhos para lhe dizer a verdade, Anja não tem como saber que as olheiras que ocupam o seu rosto já adquiriram um tom muito escuro, mas ainda deixam ver as veias vermelhas e finas que cobrem quase toda a sua pele. O caroço no pescoço ela também não pode ver, mas sente todas as vezes que encosta ali a palma da mão. A cintura muito fina não precisa de espelho para existir e Anja começou a reparar nela quando o último buraco do cinto já não era apertado o bastante para segurar-lhe a calça no lugar. Enquanto usa um prego para fazer um furo mais adequado à sua nova condição, pensa que se não for hoje, amanhã sem dúvidas.

# 03

O telefone toca. Só podia ser o fixo, já que ela não carregava a bateria do celular havia muitas semanas – não precisava e não queria falar com ninguém. Do seu trabalho já tinham desistido de ligar, não era difícil substituir uma cuidadora que fazia exatamente o que os outros cuidadores sabiam fazer e não havia ninguém com quem ela quisesse falar; morrer já era sacrifício suficiente.

Ainda assim, o telefone toca. Não era o do vizinho, que às vezes ela podia ouvir, se não houvesse música ou chuva, se a basculante do banheiro ficasse aberta e se ela estivesse na sala. O vizinho, ela achava, era algum tipo de cafetão barraqueiro, falando muito alto, sempre com a escolha perfeita pro senhor, o senhor vai me agradecer e vai querer voltar mas aí vai ser mais caro. Gargalhada. Ela não sabe como é a cara do vizinho, nem tem certeza se ele mora no sétimo ou no oitavo andar, mas imagina uma cara marcada de espinhas toscamente disfarçada por uma barba grossa e preta. Não era o telefone do vizinho. Não consegue pensar, naqueles poucos segundos, que o telefone fixo é quase decoração, que ninguém tem aquele número, que a única pessoa que o conhecia era Dulce, que já estava morta há muitos meses agora. Só Dulce, que por acaso morrera ali, naquele mesmo quarto onde o aparelho continuava tocando. Não consegue pensar nada disso e age de forma automática: o telefone toca, alguém atende o telefone. Precisa de fôlego e músculos para alcançar o aparelho preto que fica em cima da mesinha, também preta, que fica imóvel e indiferente ao lado da poltrona vermelha, tudo isso em cima do carpete azul. Trêmula e suando frio ela diz alô.

*Oi, tá me ouvindo?* A voz, do outro lado. *Sim, estou! E você?* Anja responde, inesperadamente animada com um pouco de contato humano, assustada com a própria voz, rouca e muito baixa, som improvável que ela já não escutava há tanto tempo. *Eu estou ligando para oferecer um condição especial para incluir o serviço de internet no seu pacote. Te interessa? Se sim, é só teclar um. Se quiser que eu repita essa mensagem...*

Era uma gravação, uma estúpida gravação, que idiota ela tinha sido. Tanto esforço para interagir com uma máquina. É claro que seria isso, quem iria querer falar com ela? As pessoas nem sabem que ela existe. Ela existe? Quer gritar uma lista extensa de impropérios, palavrões pesados que poderiam aliviar um pouco o seu próprio peso, mas não consegue fazer com que saiam da sua garganta. Aquela única frase, quatro palavras curtas e ansiosas, era tudo o que ela conseguiria. Seria impossível ir além, com aquele caroço comprimindo as suas cordas vocais e só agora ela entendia. Não devia nem ter começado, tremia cada vez mais, uma estúpida gravação e não é como se fosse simples atender ao telefone. Bate o aparelho no gancho, uma, duas, sete vezes, até que ele se quebre em sua mão, espalhando estilhaços e peças e restos de peças por toda a sala.

Vai ter que limpar tudo aquilo e não devia ter se exaltado. Afinal, pessoas tinham trabalhado para montar e fazer funcionar aquele aparelho. Outras tinham gastado horas do seu dia para instalar a fiação no seu apartamento. Não era justo que ela destruísse tudo por conta de um acesso de raiva nem por qualquer outro motivo. O seu pai havia lhe ensinado há muitos anos, ela ainda era uma criança, mas se lembra perfeitamente da conversa (dessa e de outras). Uma das coisas que ela mais gostava no pai era justamente isso: ele conversava com ela como se fossem iguais. Nunca usou diminutivos em excesso ou aquela voz desafinada e aguda que algumas pessoas pareciam achar que era o único som que crianças como Anja eram capazes de entender.

Francisco não.

Ele gostava de ouvir as suas opiniões, respondia às suas perguntas, não importando o assunto ou a quantidade delas e estava claramente interessado em ensinar coisas importantes para ela. Como isso, o valor do trabalho do outro. Você não destrói essa pipa só porque ela não é da cor que você mais gosta. Alguém passou horas escolhendo o papel, emendando as partes, enfeitando a rabiola. Isso a gente respeita, entende? Mas ele morreu tão cedo. E, depois disso, ela teve que se virar sozinha para aprender aquilo que achava que ele gostaria que ela soubesse.

Anja não gosta de falar da morte dele, ela era tão pequena e, de repente, o chão sumia debaixo dos pés, a casa esvaziada de cor ou de riso. Ele tinha trinta e poucos e ela quatro anos. E não foi ficando doente até que se acabou, o que permitiria que ela se preparasse, pelo menos um pouco. Francisco apenas não voltou pra casa e o jantar esfriou e o seu prato permaneceu na cozinha, em cima do fogão, por longos dias, até que o barulho dos mosquitos ficasse insuportável, mesmo para aquela versão apática e muda de Dulce. O coração parou, ele caiu no meio da multidão que cabe em ônibus às seis horas da tarde. As pessoas gritaram e abriram espaço e apertaram o peito dele como dava para fazer naquele ambiente tão pouco preparado para os primeiros socorros, mas ele morreu antes mesmo que o motorista entendesse o que acontecia e pudesse parar o ônibus. Do lado de fora, o homem que vestia uma placa amarela continuava a gritar compro ouro pago na hora. Do lado de fora ninguém morreu.

Ninguém contou para ela. Quando o telefone tocou e Dulce começou a gritar e saiu correndo porta afora e depois voltou para pegar a bolsa e saiu correndo outra vez, Anja percebeu que tinha algo errado, mas não soube o quê, era muito pequena para entender. Ela estava no sofá da sala, esperando ansiosa pelo som do portão do prédio se abrindo, que era o momento em que ela se aprontava para receber o pai na porta de casa, os braços abertos e o riso desconjuntado de uma criança. Ela estava no sofá da sala e o Francisco já atrasado e agora Dulce que não estava ali e ela sim. O escuro se aproximou com força, o sono chegou e doeu, mas ela tinha medo de dormir sozinha naquela casa (ou em qualquer outro lugar). Manteve os olhos abertos, ardendo, as mãos desamassando o tecido que cobria o sofá, o corpo esperando pela mãe que, com certeza, saíra rapidinho para buscar o pai. Mas Dulce voltou sozinha, muitas e muitas horas depois. Botou um vestido na menina, amarrou seus cabelos no alto da cabeça, pois não havia tempo de penteá-los como ela gostaria, esticados em um coque emplastado de gel. Disse vem e chorou o mundo inteiro. No cemitério, Dulce entregou a sua mão pequena e assustada a uma mulher que Anja não conhecia.

Pobrezinha, pobrezinha, a mulher repetia a cada poucos segundos. Coitadinha, pobrezinha. Era isso o que ela sabia dizer e também "não", somente "não", todas as vezes que Anja queria se aproximar daquele círculo onde as pessoas balançavam a cabeça negativamente, onde muitos abraços escondiam a sua mãe desesperada e onde seu pai parecia estar. Ela precisou fugir dos dedos apertados daquela mulher. Correu em direção à caixa de madeira, furando o círculo de humanos lamentosos com determinação e medo. Os dois pés incertos na cadeira, era ali que sua mãe deveria estar, mas não estava.

Onde, Dulce?

Dentro daquela caixa, era e não era o seu pai. Ele não se mexia, não parecia nada ansioso para ir embora dali, mas se ficassem muito tempo, ele perderia o jornal das sete de novo e já bastava ontem e ela não consegue se lembrar de alguma vez que o pai havia perdido o jornal das sete dois dias seguidos. Francisco era trabalho, jornal, cheiro de café e coração. Mas estava desbotado e imóvel.

E duro. E não sorriu quando ela se aproximou, quando ela subiu na cadeira porque a caixa de madeira era muito alta para que ela pudesse enxergar. Ele nem abriu os olhos quando ela colocou as mãos em cima da dele, e fez as "cócegas mortíferas da pequena Anja", um tipo que só os dois conheciam. Seus dedinhos minúsculos apertavam a pele da mão até que Francisco não se aguentasse mais de rir. Acontecia todos os dias, mas não hoje. Hoje mãos velozes e pontudas a arrancaram daquela cadeira, todo mundo parecia chorar, Dulce não falava com ela e os seus vizinhos também estavam ali, pelo menos aqueles que eram adultos o suficiente para seguir o protocolo: a cabeça em negação e o coro.

Pobrezinha, coitadinha. Pobrezinha.

Ninguém contou para ela, mas nem por isso ele deixou de morrer. Depois daquela tarde, ouviria a palavra morto tantas vezes que ela perderia o significado.

Morto.

Morto.

Morto, Francisco, morto.

Desde aquele dia, até o resto da sua vida, ela carregaria consigo a convicção de que nada pior do que aquilo poderia lhe acontecer. Por isso, hoje aquele caroço não assustava. A sensação ininterrupta de que algo estava preso em sua garganta, o desconforto pra engolir, os dois dentes que caíram como se fosse criança outra vez. Tudo doía, mas ela não tinha medo. Tinha um pouco de tédio, porque as opções iam se acabando e a fumaça do cigarro ficava presa junto com a massa desconhecida em sua garganta e ela tinha que tossir e aquilo doía o corpo todo e ela passava muitas horas sem fazer nada, só doendo, e se o telefone tocava era só uma máquina estúpida e ela não gostava de televisão. Lia um pouco, pequenos romances que não pesariam no seu colo. Dormia muito. Rezava para morrer.

E morreria em breve.

# 04

Elas não estavam preparadas para ser uma dupla, porque não se pode estar preparado para se perder qualquer parte vital do corpo, como os rins ou a pele. O frágil equilíbrio daquela família parecia estar nas costas de Francisco, que era sempre doce e tão bom para as duas (e para qualquer outra pessoa que existisse). Elas eram intensamente apaixonadas por ele e Francisco nem precisava fazer esforço para amar de volta: esse era o seu maior talento, amava como amam os vira-latas. Mas estava morto e seria preciso reconfigurar aquela casa e aqueles corpos. Estar sem Francisco era como viver na corda bamba – o que era difícil para uma menina de quatro anos com pés muito miúdos e para uma mulher cujo equilíbrio nunca fora uma virtude digna de nota.

Ela sempre caía. Desde criança, aqueles primeiros tombos, que os pais acham graciosos, tem que cair mesmo e aprender a se levantar, a vida é assim. Mas Dulce continuou caindo, depois.

Na pele algumas cicatrizes, nos ossos tantas outras e ninguém nunca soube o porquê. O corpo perfeito, o labirinto também, mas ela tropeça ou escorrega ou vira o pé ou tudo junto, uma ou duas vezes por mês. Pelo menos. Dulce sempre viu o chão muito de perto, as rachaduras que quase ninguém sabe e as pequenas plantas verdes que insistem em nascer onde antes só havia o cinza. Foi num tombo que Francisco chegou, ela nunca olharia para ele de outro jeito. Mas ali, esparramada no chão, não deu tempo de pensar que aquelas mãos estendidas eram pretas demais. Quem dá a mão para Francisco uma vez, não sabe soltar e, quando viu, era Dulce quem ansiava por aquela pele encostando na sua e mesmo sem ter coragem de admitir, para si e para os outros, se casou. Esperou que os pais morressem, mudou de bairro e fugiu dos amigos, e disse sim. Ela amava Francisco e aquilo doía. E agora a vida sem ele. Ela e Anja e a corda bamba.

Não se pode dizer que não tentaram. Como num circo, ensaiavam até que os músculos doessem uma dor insuportável, assistiam aos tombos e tropeços uma da outra, se ajudavam a levantar e recomeçavam. E depois tudo de novo. Anja, que fazia pouco tempo aprendera a dormir sozinha em seu quarto, obedeceu a mãe que implorava a sua presença, hoje você vai dormir comigo

e amanhã também.

O peso da menina não era suficiente para enganar Dulce, mas ajudava. Quando ela acordava sobressaltada, porque o ar atravessava o quarto de um jeito diferente, atropelando os seus pulmões e ardendo as pálpebras fechadas, ela se lembrava da filha ali e apertava o seu corpo quente para conseguir dormir de novo.

Aos poucos a casa voltaria à sua rotina normal. Tomavam o café da manhã juntas e seguiam para as suas obrigações: uma trabalhava e a outra brincava, ambas em silêncio. Tinham a seu favor a máquina de costura que ficava em um quarto grande e arejado. Assim, entre um ponto e outro, Dulce podia observar a menina crescer. Às vezes se sentava no chão ao lado da filha e enquanto ajudava em quaisquer que fossem as aventuras em que a menina estava envolvida, repassava, incessantemente, os acontecimentos que levaram até a morte de Francisco, se culpando calada por todo o excesso de sal e gordura. Provavelmente foi por isso que Anja associou qualquer brincadeira ao choro solto. E nas raras vezes que saía de casa e via as crianças brincando no jardim do prédio ou na praça ali perto, não conseguia entender como elas podiam passar horas com seus castelos de areia ou seus quebra-cabeças, ou ainda as bonecas tão bem vestidas, sem derramarem sequer uma lágrima por isso.

E quando essas mesmas crianças voltaram para a escola, Dulce doeu. Seriam seis ou sete ou oito horas de casa vazia e será que alguém aqui sabe como é horrível o silêncio de uma casa vazia? Anja ainda não, mas depois. Seu não-lugar no mundo era nada além de silêncio, um hotel falido que já não recebia os viajantes felizes de outro tempo. A quem perguntou ela disse que era o dinheiro; sem o salário de Francisco, só com as suas costuras, era difícil pagar a escola, e vaga em escola pública é tão difícil e também a gente sabe que não é o melhor pra ninguém, o dinheiro da pensão eu vou guardar pra faculdade, a Anja vai ser engenheira, a Anja vai ser médica, a Anja vai ser grande. E todo dia ela reclamava do Francisco que morreu e a deixou sozinha com aquela criança tão pequena e tinha dias que ela reclamava em voz alta e em outros ela só pensava e às vezes ela falava com a própria criança tão pequena que era Anja, que agora estudava em casa, com uma professora muito mais exigente porque também era mãe.

E tinha até uniforme, que não aparecesse de pijama ou de cara amassada para as aulas do dia, porque Dulce tinha feito mágica para transformar uns pedaços de tecido que sobravam dos bons vestidos de suas clientes em saias plissadas cujas estampas variadas combinavam todas com umas camisas brancas de algodão muito engomado. Uma delas era especialmente bonita, de crepe cor de azeitona. Alcançava o meio das canelas, onde se encontrava com as meias branquíssimas e seus detalhes em renda. Era o melhor tecido, não esvoaçava porque crepe, mas balançava com a menina onde quer que ela fosse. As camisas, todas elas tinham botões coloridos, um de cada cor, rosa, verde, azul e amarelo. Só uma que não: os botões eram forrados com o mesmo crepe azeitona da saia e aquilo poderia sim ser o uniforme de um semi-internato de gente muito rica.

Tudo incomodava Anja: a cintura alta da saia não deixava seu estômago trabalhar direito, a gola da camisa parecia querer estrangulá-la, os sapatos brilhantes e as meias brancas de barrados bordados que impediam a circulação adequada do sangue em canelas que, lembrem-se, estavam em casa; mas sua mãe estufava o peito a cada vez que a via vestida assim, e a saia comprida e as mangas da camisa ajudavam a esconder as manchas do corpo e isso evitava as perguntas das clientes que chegavam depois da aula e só diziam nossa, que menina bonita, quem é? E ela respondia, orgulhosa: é minha. E assim Anja seguia marcada como as pregas das saias, todos os dias.

Mesmo sábado ou domingo, porque não havia sábado ou domingo para quem gostava de fazer o outro feliz.

Dulce nunca tinha sido professora, antes da costura trabalhava com o pai em uma pequena loja de quinquilharias, que ficava do lado de casa e que tinha todo o tipo de clientes, até um certo senhor que ia todos os dias e todos os dias dizia eu vou me casar com você. Não casou, mas meteu-lhe as mãos pelo corpo quando ela se abaixou para buscar a calculadora que ele queria ver. Ele continuou indo todos os dias por mais dois anos, até o tombo que trouxe Francisco e o pai morreu, a mãe também e Dulce sozinha fechou a loja e finalmente se casou. Órfã, feliz e envergonhada. Dulce fora vendedora, costureira, mulher apaixonada e mãe. Professora, nunca. Assim, o que não sabia ou não se lembrava bem (ela odiava matemática, malditos números incertos), estudava nas madrugadas anteriores para ensinar à filha que, por sua vez, se esforçava até a cabeça doer para acompanhar tudo o que a mãe dizia um pouco mais rápido do que ela gostaria, e também do que as professoras costumavam fazer na escola de antes, quando tudo ainda era tão diferente e seu pai entrava todas as noites porta adentro, chamando seu nome se ela não estivesse esperando por perto. Mas ela sempre estava.

Por isso, parecia pior quando escurecia: por muito tempo Anja ainda esperou por ele, acreditando que se desejasse forte ele voltaria. A morte era um conceito estranho e ela se perguntava porque é que iria embora alguém que estava tão feliz. Ela tinha certeza que Francisco era feliz. E também ela era, porque é isso que se espera de crianças que têm a sorte de ter um lar amoroso, uma família, comida no prato todos os dias. Francisco não devia ter morrido, doía nas duas e Dulce não sabia como fazer aquilo passar, não havia nada sobre o luto nos livros do ensino básico. Jantavam pizza para tentar preencher o vazio. Dulce comia as azeitonas das duas, porque Anja detestava qualquer coisa com caroço. Mas sabia ceder (talvez fosse esse o seu maior talento). Por isso, quando a mãe telefonou e contou do pulmão e depois de uma longa conversa as duas decidiram que seria melhor que Dulce fosse viver com ela no Edifício Hotel Lucas, a primeira coisa que fez foi uma demorada visita ao supermercado, onde comprou dois potes de azeitona (pretas e verdes), quatrocentos gramas de lichias bem gordas, dois abacates maduros e uma manga verde, que Dulce comeria com sal.

O supermercado é o mesmo de sempre, corredores repletos de cores e produtos e cartazes que parecem gritar: me leva para sua casa. Anja levava pouco, quase todas as vezes. Atum para ela, atum para Rinoceronte. O básico para se manter limpa, o essencial para não morrer de fome. Um pão com manteiga e um embutido qualquer costumavam ser suficientes, de vez em quando macarrão. Do café sentia o gosto amargo e adorava o cheiro. E gastava muito com cigarros, maços e maços, que devorava, esses sim, com apetite. Às vezes fazia carne, que dividia matematicamente com seu gato cinza, muito mais carnívoro do que ela própria. Não frequentava os corredores de amenidades, das pequenas indulgências que os consumidores compravam com longos discursos de merecimento. Mas naquele dia encheu o carrinho com coisas de cheiro estranho, cujo sabor não tinha interesse em conhecer. Eram pra Dulce.

Não foi fácil pra nenhuma das duas dividir o mesmo teto depois de tantos anos. Elas não admitiam (Dulce talvez sim), mas quando Anja saiu de casa, aos vinte e poucos, foi um grande alívio, um tipo de libertação que não parecia certo desejar. Por isso, aqueles seis meses e aquele enfisema só poderiam terminar em tragédia: morreram Dulce e Rinoceronte e restou uma Anja exausta e febril. Mesmo sem conseguir respirar, Dulce tinha fôlego para comentar sobre o chão da cozinha que estava um pouco grudento, sobre como o gato não dava sossego na hora de dormir, sobre como a filha fumava demais e, principalmente, sobre aqueles cabelos de Anja que não podiam e nem deviam ficar soltos ofendendo quem quer que fosse que tivesse olhos, e a essa altura era tão fácil mantê-los lisos e ela devia fazer questão de esfregar aqueles cachos na sua cara só para incomodar. E ela não fazia por mal, ninguém nunca fazia, talvez fosse um jeito de mostrar que se preocupava.

E os cabelos sempre foram uma questão. Anja precisou completar quarenta anos para se sentir segura com os seus e, meu Deus, como aquilo ofendia a sua mãe. Era mais grave que morrer. Dulce não estava bem, o mal-estar absurdo que vem com o diagnóstico, um enfisema pulmonar que se mostra em todos os minutos de uma existência cada vez mais urgente. Mas Dulce ainda tinha olhos. E olhava fixo para a filha e aqueles fios grossos e obscenos que saiam da sua cabeça e iam para o resto do mundo. Pelo amor de Deus, Anja, com menos de cem reais você vai num salão e dá um jeito nesse cabelo. Cuida desse cabelo, minha filha, por mim. E ela falava e falava e falava, mesmo que fosse preciso interromper a frase quatro vezes antes de conseguir concluí-la. Mesmo que não houvesse fôlego suficiente. Mesmo que tossisse sangue. Mesmo que não surtisse efeito algum.

E naqueles últimos dias, num dos poucos momentos em que Dulce conseguiu sair da cama, ela viu Anja na frente do espelho, sacudindo os cachos, jogando os fios para cima, ensinando-os a ser ainda mais negros, como se fosse possível. Se não morresse de enfisema, morreria de desgosto.

Morreu de enfisema.

# 05

Segundo a Sociedade Brasileira de Dermatologistas, a fitofotodermatite é uma dermatose que ocorre por uma combinação de contato com planta fotossensibilizante e exposição à radiação solar. Os agentes responsáveis contêm furocumarinas (psoralênicos) que podem estar presentes em alimentos, perfumes, aromatizantes e cosméticos. As furocumarinas nos alimentos são encontradas nas frutas cítricas, cenoura, figo, salsinha, arnica, hibisco, arruda, canela e mama-cadela. Na vida real, o exemplo típico e mais comum são as queimaduras provocadas por limão.

Algumas revistas questionáveis que Dulce consultara em seu exausto desespero diziam que o suco de limão podia clarear discretamente a pele, ajudando a disfarçar algumas manchas indesejadas que apareciam pelos mais diversos motivos: a idade, o fim da gravidez, uma ferida mal cicatrizada. Claro que nenhuma delas falava sobre clarear a pele que nascera negra porque se era filha de um pai negro, e claro que Dulce não lera nenhuma matéria até o final e, por isso, não sabia da parte fundamental que dizia que não se podia encontrar o sol (mas todo mundo sabe disso).

Ela não se importa que as revistas digam que se o clareamento acontecer, será discreto, bastante discreto. Ela aposta tudo nisso, que é a sua única chance. E espreme dois limões em um copo de vidro e encharca um chumaço de algodão. Anja espera desavisada em seu berço, o corpinho nu e feliz diante da vida e do calor. Dulce é gentil e cuidadosa e espalha o limão em todo o corpo de sua filha, evitando que o sumo escorra ou acumule demais nas inúmeras dobras de gordura daquele bebê saudável. Basta uma fina camada, dizem as revistas.

Discretamente, elas dizem também. Mas Dulce está concentrada no processo e em uma nova reza; se milagres acontecem, por que é que ela não os merece?

E não sai de perto da menina, como se os seus olhos fossem também parte daquele ritual em que ela apostava quase tudo, quase a vida. E foi diante das pupilas contraídas (fazia sol) de uma mãe incrédula que, dois ou três dias depois do processo, a pele de Anja se encheu de manchas cor-de-rosa, e Dulce queria acreditar que era normal, que eram seus deuses e o limão funcionando juntos, mas ela não era burra, e as manchas viraram bolhas que viraram culpa e Anja virou um choro desesperado, um corpo desesperado com bolotas estufadas de um líquido amarelo que escorria quando as pequenas unhas de criança as arranhavam em busca de um conforto que nunca chegou.

E tá tão calor, porque é que a menina precisa desse tanto de roupa, Dulce, mas os bebês sentem frio, frio, frio, Francisco. Deu errado, Deus. Me perdoa, Anja. E o sol, que nunca parava de nascer. E Anja cresceu acreditando que a vida era daquele jeito, as pessoas manchadas de rosa e, se você olhar bem, isso é até bonito. E de vez em quando as bolhas voltavam, mesmo que não houvesse o limão. Ela já estava acostumada, claro que doíam, mas não era o fim do mundo. Ela até gostava de brincar com aquele corpo improvável, levantar devagar a pele machucada e ficar olhando o líquido que escorria dali. Conseguia enxergar enquanto os olhos não se enchiam eles também de água e aí ela precisava se deitar um pouquinho. Toda resistência tem um limite, o seu era estar em carne viva. Ardiam camadas profundas dentro da pele. Ela era uma criança miúda e curiosa e mesmo sem saber queria conhecer a sua força e até onde ela ia. Só sabia contar até quatro, mas aguentava muito mais tempo, o líquido amarelo deixando a pele cor-de-rosa; se sentia ao mesmo tempo quente, desesperada e orgulhosa da sua força.

Enquanto vivo, Francisco não soube.

(Depois de morto também não.)

O que tinha de bom, ele tinha de ingênuo e o amor de vira-lata dele acreditou quando Dulce disse assustada e chorosa sobre aquela doença de pele horrível e tão rara, que fazia com Anja o que nunca ninguém tinha visto acontecer, as bolhas, as manchas e a pele que nunca embranquecia.

A maldita melanina que nunca vai embora.

Ele não era estúpido, mas foi educado para acreditar na santidade da maternidade. Morreu sem saber que a esposa queria uma filha branca e sem desconfiar do grande mistério por trás de uma mulher apaixonada por ele e sua pele preta, e tão apavorada por sua repetição naqueles pedaços miúdos que saíram de dentro dela, dando forma a uma pessoa toda nova. Ainda bem que morreu, poderiam dizer. Às vezes, Dulce queria ter morrido ela; debaixo da terra talvez não precisasse pensar na dor de um bebê, seu próprio bebê, suas mãos molhadas com a culpa de toda mãe.

Aquilo nunca foi embora. Da pele de uma ou da cabeça de outra, daquela parte do cérebro que controla as memórias e que corrói o coração. Foi um erro, um gesto infeliz, uma reza que deu errado e aquilo nunca foi embora. Seriam uma família terrivelmente feliz, cada um de uma cor, como um desenho irônico de uma criança que ainda não sabe colorir. Anja seria mesmo preta, agora com umas manchas cor de carne viva, que doeriam para sempre, todas as vezes que a sua temperatura corporal aumentasse.

E sua temperatura corporal aumentou na febre da garganta inflamada, no ônibus lotado que a levaria até o centro da cidade para comprar uma blusa da sua banda favorita (todo mundo tem uma banda favorita aos quinze anos), na bolsa de água quente para tentar amenizar a dor na lombar depois de carregar a sua mudança sozinha, nas mãos de um homem tão bonito cujo nome ela já não se lembra (todo mundo tem uma pessoa tão bonita de nome desconhecido). E não foi só Anja que chorou a cada febre; Dulce pediu, suplicou aos seus deuses que tirassem a dor da filha e enchessem seu corpo branco maldito de bolhas muito maiores e muito mais doloridas, mas nada aconteceu. Era tarde e quando o sol batia, ficava tudo cor de rosa, por dentro e por fora.

E a mãe nunca teve coragem de admitir o que tinha feito e nenhum médico foi capaz de explicar a Anja o que havia lhe acontecido, porque ninguém conseguia entender ou encontrar estudos ou qualquer jurisprudência científica que desse conta daquela história de bolhas misteriosas que cresciam na pele quente. E ela não suportava limão, mas tem gente que não suporta banana. E as manchas vivas em sua pele sempre pareceriam feridas recentes e isso, somado à sua total incapacidade de olhar nos olhos daqueles escrutinadores de roupa branca (sempre com pressa) fazia com que duvidassem dela, quando dizia que eram bolhas de calor; algumas pessoas têm bolhas de calor, não? Desconfiavam, muitas vezes, de que era ela própria quem estava causando em si aqueles ferimentos e, arrependida (ou não) buscava socorro ou só um analgésico. Mesmo aqueles que acreditavam em sua história não podiam ajudá-la a amenizar a dor que vinha com toda febre (ela chamava de febre, também, os homens bonitos). Tentou dermatologistas, clínicos-gerais, cirurgiões plásticos, até que desistiu. Não acreditava mais nos médicos, assim como nunca acreditou em feriados – os velhos também morriam em dia santo.

As marcas ficaram na pele e em cada escolha que ela fez depois daquele primeiro ano de vida. Anja é adulta, agora, e carrega um corpo qualquer. São só doloridas manchas que fazem com que nunca seja igual a mais ninguém. Ela não se envergonha disso mais do que se envergonha de qualquer outra coisa, tudo é parte da mesma pessoa que, se pudesse, seria invisível. Mas não pode.

Pode?

E Dulce era tão absolutamente bonita que Anja nunca se cansava de olhar para ela. Nem ela sabia disso, porque não podia saber muito com quatro anos e sem um pai, mas quando começou a recusar convites das crianças no prédio para brincar do lado de fora, não era porque não gostasse de brincar, ou não se sentisse bem ou porque tivesse vergonha da forma improvável daquele corpo, mas porque ficar em casa, olhando para a mãe, era muito mais confortável e muito mais fácil do que qualquer outra coisa naquela vida e a única coisa boa que a morte de seu pai lhe trouxera havia sido a oportunidade de ficar muitas e muitas horas ao lado dela, fosse prestando atenção em seus movimentos precisos enquanto ela trabalhava decidida e quase agressiva na máquina de costura, ou tentando acompanhar a voz firme e acelerada que ela jogava em cima dos livros de alfabetização ou, ainda, as duas em silêncio, no quarto, chorando de saudade da mesma pessoa, tentando bastar uma a outra. Nesses momentos, além da tristeza, Anja sentia também alívio: o abraço de Dulce era tão forte e quase sufocante, que ela tinha certeza que a mãe não iria nunca embora, que não morreria como o pai, sem aviso prévio ou razão aparente. Então ficava ali, calada, deixando a sua pele absorver aquela peculiar forma de amor.

Porque sair de casa significava deixar sem proteção a única coisa que ela tinha de valor, ela precisava aprender a dizer não, o que doía como limão na pele (só que muito menos que limão na pele). E embora desconfiasse que aquela Dulce soubesse muito bem se virar sozinha no mundo, sobretudo no apartamento que lhes cabia, às duas, preferia não ter que descobrir a resposta. Assim, se insistiam muito para que ela fosse brincar na rua, que na verdade eram os jardins do prédio (e eles sempre insistiam), tratava de ser breve. Evitava começar brincadeiras infinitas com as famílias imaginárias que eles gostavam de elaborar: eram mães e pais e irmãos e castas completas e complexas que tinham funções e dramas e jantares longos e dormiam e acordavam e dormiam de novo e aquilo podia levar horas e por isso ela preferia só jogar bola ou, quando muito, correr um pouco para fugir do pegador, aquele que tinha sido o último a dizer "eu não!". E ela era esperta demais e nunca era a última a fazer qualquer coisa (mas também nunca era a primeira) e era leve e corria veloz e por isso não precisava se preocupar, correria dos outros e nunca atrás dos outros e, por isso, quando quisesse, poderia ir pra casa sem parecer que estava estragando a brincadeira. E aí ela continuava correndo porta adentro e subia os três lances de escada até o apartamento, respirando aflita, e os pulmões só se enchiam completamente quando ela encontrava os olhos de Dulce em qualquer lugar, geralmente esperando pelos seus. Ainda que não admitisse, o ar também parecia faltar à mãe quando aquela criança se afastava de casa.

O horror que nunca vai embora.

O horror que antecede o abraço.

O abraço e as outras crianças no jardim.

Muitas vezes, enquanto as outras crianças corriam pelos jardins, gritando assustadas diante da proximidade daquele que era o responsável por capturá-las uma a uma, ou quando todos se sentavam em círculo para que alguém pudesse contar uma história horrível ou ainda quando se concentravam para discutir a melhor estratégia para montar o alto castelo de areia, Anja dava um jeito de escapulir sem ser notada e subia correndo até o apartamento com a desculpa de ter esquecido ali o seu casaco (se estivesse frio) ou os chinelos (se não), ou dizendo que precisava escovar os dentes ou qualquer coisa absurda quando, na verdade, tudo o que ela precisava era saber se Dulce estava bem para, assim, poder continuar brincando em paz. Eu esqueci o meu casaco, eu esqueci o meu chinelo, eu não escovei os dentes depois do almoço e a dentista falou que eu tenho que escovar os dentes depois do almoço, eu posso te dar um abraço? Dulce sempre estava bem, mas sorria quando a filha chegava meio esbaforida, inventando aquelas histórias e (pode sim, meu amor, vem aqui) abraçava apertado as suas pernas, antes de descer novamente, se esquecendo de fazer o que dissera há pouco ser tão urgente e necessário. Se soubesse, Dulce teria escolhido o apartamento do primeiro andar, para que a filha não precisasse subir e descer aquelas escadas tantas vezes ao dia e, assim, sobrasse mais tempo para efetivamente brincar.

Mas Anja não se importava, desde que Dulce continuasse viva, o que ela fez por mais trinta e seis anos.

(Depois, morreu de enfisema.)

# 06

Ela tinha trinta e poucos anos (trinta e três e meio) e já morava no Edifício Hotel Lucas há quase dez quando aquilo aconteceu. Não era uma das moradoras mais antigas, nem uma das mais interessantes

(Ela era a mais obediente.)

e devia ser, de longe, a menos engraçada que já passara por ali, incluindo os breves hóspedes da época em que aquele ainda era o prédio de um sofisticado hotel. Mas, ainda assim, num fim de tarde medíocre, sem nenhuma característica climática extraordinária, a sua campainha tocou. Ela já sabia que havia uma estudante de jornalismo circulando há alguns dias pelo prédio (as notícias corriam pelos elevadores, escadas e pela fiação elétrica), conversando com vários moradores, ouvindo histórias e fazendo registros. Estranhamente, ainda que não fosse estúpida, a menina escolhera aquele prédio como objeto de estudo; investigaria as histórias escondidas em seus corredores, a transformação do hotel em prédio residencial, os diferentes tipos humanos que se empilhavam ali, nos onze andares, sete apartamentos por andar, setenta e sete possibilidades e nenhuma mais. Desde que a tal estudante aparecera no Edifício Hotel Lucas, com seus cabelos encaracolados, sua câmera pendurada no pescoço e todos os seus pontos de interrogação, Anja dizia a si mesma que era melhor ficar quieta, passar despercebida, continuar invisível para que ninguém lhe fizesse muitas perguntas. Não que ela tivesse qualquer coisa para esconder, Anja levava a vida na ponta dos pés, mas também não tinha qualquer coisa para mostrar. E não era um prédio qualquer, tinha gente que valia a pena, mesmo que fosse pelo improvável ou pelo ridículo da situação (era ela improvável ou ridícula?). A senhora elegante que já desistira dos dias e passava as noites, a noite toda, sentada em um banco de três pés, em frente à porta do seu apartamento, conversando alegremente com um cacto de nome Jô. De dia, entravam os dois. Foi o que disse o porteiro, pelo menos.

Mesmo assim, quando ouviu o apito na cozinha, o dispositivo elétrico tão escandaloso que quase nunca trabalhava para indicar que havia alguém à sua porta, ela se sentiu um pouco aliviada por ter sido lembrada, pelo conforto quente e inegável que existia no fato de a menina de cabelos encaracolados saber dela e, por alguma razão, querer saber mais.

Será que ela tinha falado com Ramiro? Ninguém faz uma pesquisa dessas sem falar com o porteiro tão antigo que já é mobília. Será que Ramiro tinha dito dela, dos maços de cigarro que dividiram sem que fosse essa a sua vontade, e de todo o resto? O Ramiro nunca falava dela, ele já nem chegava perto.

A menina não fez promessas, só perguntas. Anja ofereceu um café, prontamente recusado, não consigo dormir de noite e, nossa, como eu estou precisando dormir de noite. E esse potinho de comida aqui, você tem um bicho? Eu pensei que animais de estimação eram proibidos no Edifício Hotel Lucas.

É o Rinoceronte, ele não é um animal de estimação.

Era uma resposta definitiva, que não deixava espaço para uma nova pergunta. Não sobre aquele assunto. Rinoceronte, sábio e cinza, fez também a sua parte e não saiu de dentro do armário enquanto a outra estava ali, e ela teria que concluir o seu projeto sem saber que tipo de bicho comia naquele pote vermelho de plástico vagabundo. Mas conversaram muito, sobre tantos outros assuntos e como se fossem íntimas. Antes que se desse conta, Anja contava mais detalhes da sua vida do que já tinha contado para qualquer outra pessoa (ela não acreditava em análise e nem conhecia nenhum analista que não o Rogério, o velho doido que já não tomava banho, pra pele não derreter). A tarde terminou com umas fotos na porta daquele seu apartamento novecentos e dois e uma futura jornalista satisfeita e sorridente e uma Anja secretamente feliz (exceto pela parte das fotos).

Ela tentou se livrar dessa etapa, não conseguia encarar a câmera, aquilo era mesmo como uma dor física, uma queimadura nova no corpo cheio delas, mas a foto fazia parte da negociação, foi a primeira coisa que a menina lhe dissera, o projeto envolvia palavras e imagem e ela já dera centenas de letras organizadas em frases bem feitas e agora tinha que dar também a sua cara, um rosto possível e preferencialmente sorridente àquelas histórias. Que não se preocupasse, era para ser descontraído, um registro natural das pessoas em seu habitat; por isso, aquele vestido amarelo de tecido esvoaçante, que ela chamava de roupa de ficar em casa, era tão adequado. Ela adorava as roupas esvoaçantes e coloridas que nunca apertavam as suas coxas ou as suas canelas ou o seu estômago. Encostada no marco da porta, ela olhava os próprios pés enfiados em chinelos de borracha brancos, com as tiras também amarelas, como se ela tivesse pensado e montado aquela roupa antes de abrir a sua casa para uma desconhecida. E o cigarro entre os dedos, confortável onde ele sempre havia morado. A menina falava e clicava e parecia se divertir e tentava em vão várias formas para que Anja se sentisse mais à vontade, afinal aquela era a sua casa e a visita era a outra e durou pouco, mas pareceu uma eternidade, até que acabou. E então Anja se esqueceu daquilo e foi só dois meses depois, quando chegou do trabalho e abriu a porta e viu um envelope no chão é que se lembrou daquela tarde e do café que havia tomado sozinha. Era uma fotografia grande, dois palmos bem abertos por um palmo e meio, e só olhando para ela Anja percebeu o que achou bonito, bonito: a sua pele era exatamente da cor da madeira da porta da sua casa. Tanto tempo morando ali e ela nunca se dera conta: era da cor do fundo. O amarelo do vestido e o vermelho da faixa que amarrava os seus cabelos gritavam e tentavam sair voando daquela imagem, enquanto ela e a porta pareciam tão certas e eternas ali, num tom opaco que disfarçava as manchas na pele e que até mesmo um bom pintor teria dificuldade em reproduzir e a imagem era bonita e os contrastes eram bem comuns no Edifício Hotel Lucas. No verso da foto, a menina agradecia e assinava, com uma letra precisa de quem agora já era uma jornalista graduada: Para Ângela, gratidão. Anja precisou dobrar ao meio para que coubesse em alguma gaveta, era mesmo uma foto muito grande. Depois, se esqueceu de novo daquela tarde.

E do café que havia tomado sozinha.

E os contrastes eram bem comuns no Edifício Hotel Lucas. Todo o dourado, herdado de uma outra época, que descascava e deixava ver a madeira escura já apodrecida ou o plástico opaco e arranhado e muito barato, e ninguém achava aquilo bonito, ninguém exceto Anja que veio no ônibus, na primeira vez que visitara o apartamento, em uma prece silenciosa para que fosse um bom espaço, para que ela gostasse dali porque precisava e queria sair de casa e como seria bom se pudesse finalmente ir e havia o ônibus que parava na porta e também muito perto do trabalho e havia os corredores que eram tão ventilados e que deixavam entrar aquela luz bonita e alaranjada que não alcançava nenhum outro lugar naquela cidade inteira, ela sabia. E Dulce havia dito que se ela fosse embora ia ter que se virar sozinha, porque não havia criado a menina pra sair de casa assim, sem motivo, sem razão, sem marido, e já estava fazendo o enxoval da menina, mas que nunca, veja bem, nunca, ela dormiria naqueles lençóis bordados se não tivesse um marido. E Anja foi conhecer o apartamento mesmo assim, porque tinha um trabalho e tinha um salário e não fazia questão de lençóis bordados, preferia os lisos, de puro algodão. E mesmo assim, visitou Dulce todos os domingos de sua vida, até que foi Dulce que foi morar com ela e os lençóis bordados já tinham sido doados para alguém, qualquer pessoa que gostasse de outra e decidisse que a vida não era uma eterna sucessão de solidões. Mas ela tinha Rinoceronte.

Anja arrumou a cama com os seus melhores panos, todos os dias que a mãe dormiu por ali.

E os contrastes eram bem comuns no Edifício Hotel Lucas e o hall de entrada tinha o pé direito altíssimo, com quatro lustres de madeira e cristal e cada lustre devia ter entre dez e quinze lâmpadas e isso era muito pouco econômico e todos os quatro ficavam apagados e agora havia quatro abajures de pé, um em cada lado da porta de entrada e mais dois perto dos elevadores e além deles outros dois, pequenos, na mesa de Ramiro e os seis sempre acesos mas sempre insuficientes, e o hall era sempre meio sombrio e por isso era preciso muita atenção para enxergar os detalhes (também meio sombrios) nos dois enormes quadros que ficavam, um de cada lado do hall, cada um com seu imenso vaso de rosas vermelhas, com camadas tão grosseiras de tinta que em determinadas partes o quadro tinha quase meio centímetro de espessura, mas claro, só seria possível perceber quando o espaço estivesse bem iluminado, o que acontecia das oito às nove da manhã, na primavera e no outono.

E os contrastes eram bem comuns também no espelho e também no resto da vida e desde sempre. E naqueles anos antigos, quando Anja não queria descer para brincar e quando o pai lhe morria e quando ela sentia saudade de Dulce mesmo estando no mesmo quarto, as crianças insistiam e ela descia, mas depois precisava fugir pra casa. Todo mundo estava muito ocupado cuidando de si e buscando o melhor lugar para se esconder ou a melhor estratégia para correr cada vez mais rápido, ou só penteando os cabelos amarelos de uma boneca horrível e apenas uma pessoa enxergava e percebia o que ela fazia e não falava nada quando Anja sumia e algumas vezes (muitas vezes) até ajudava em sua corrida, três andares escada acima, inventando desculpas, escondendo rastros, correndo junto, e essa única pessoa era a mais essencialmente diferente de si e talvez por isso os dois tenham se tornado o que as pessoas chamam de amigos. Ou talvez os motivos fossem outros, mas os contrastes eram bem comuns e Anja não tinha ainda cinco anos de idade.

E enquanto Anja era veloz, silenciosa e gostava de matemática, Adriano era gordo, cheio de sardas alaranjadas e alérgico a camarão. E os adultos, se prestassem atenção às longas conversas dos dois, não entenderiam muita coisa, porque o caminho é o mesmo e assim como as impossíveis frases recheadas de adjetivos e julgamentos proferidas pelos adultos parecem inalcançáveis a uma criança, o dialeto próprio daqueles dois, forjado na inocência de uma amizade ainda verde, não seria também exatamente banal. E Anja adorava aquela presença e mesmo a sua ausência: Adriano não morava no mesmo prédio, mas do outro lado da rua, em uma casa bonita e silenciosa, e já que a mãe dele era irmã de alguém no prédio, o grupo de crianças mais ou menos da mesma idade que morava por ali o aceitou como mais um dos seus. Adriano era bom e tinha livre acesso ao jardim e era incluído no planejamento das brincadeiras que demandavam planejamento e participava das brincadeiras que só demandavam brincar e gostava de todo mundo e todos gostavam dele e ninguém nunca sabia ao certo quando ele ia aparecer, a família muito cheia de compromissos, não era sempre que sobrava tempo pra rua. E até aquela incerteza era gostosa. Assim, mesmo quando não estava por perto era como se estivesse e Anja sempre sabia que acabariam se encontrando, se não fosse naquele dia, no outro com certeza. E mesmo quando se passavam dias sem que os dois se falassem, estar perto um do outro novamente era inevitável e como se tudo estivesse exatamente igual, instantaneamente.

Com Adriano não era como era com as outras pessoas (adultos ou crianças), quando Anja precisava de um tempo para modular a sua energia, para entender qual era a coisa certa a dizer, para acertar a postura e puxar as mangas da camisa para cobrir os punhos. E enquanto conversavam ou ficavam em silêncio (o que também era um jeito de conversar), eles viam se aproximar o carro dos pais de Adriano, os dois gordos lá dentro, o pai sardento como ele e a mãe não, os dois gordos e sorridentes e felizes. E a mãe no banco do passageiro e o vidro manual que descia para que sua voz pudesse alcançá-los.

Oi, querida, como tá? Eu tô bem, e a senhora? Bem, também. Hoje vai ter cachorro-quente lá em casa, por que você não vai lanchar com a gente? Ela não pode, mãe, tem visita na casa dela hoje.

E era sempre assim, ele sempre inventava uma desculpa por Anja, protegendo e sabendo que atravessar a rua já seria estar longe demais de Dulce e ela ainda não estava pronta para aquilo, mas eles eram simpáticos e ela gostava mesmo deles. E Dulce gostava do menino. E um gostava do outro, amigos. E Adriano tinha sido, de todos aqueles vizinhos, o único que nunca tinha perguntado a ela quais eram as razões para aquelas manchas em sua pele, nos braços, nas pernas, na barriga (ele viu uma vez quando tomavam banho de mangueira). E era ótimo não precisar tentar explicar o que ela não entendia, mesmo que estivesse gravado em carne viva nela própria. Era libertador.

# 07

O apartamento novecentos e dois é um dos bons, assim como todas as outras vinte e uma unidades com final um e dois. Elas haviam sido as suítes de luxo do extinto Hotel Lucas e, por isso, são maiores, mais ventiladas (e mesmo assim Anja tinha comprado um ar-condicionado há alguns anos, ela não podia com a pele quente), mais bonitas e bem-acabadas. Ficam nas extremidades dos andares, as de final um do lado esquerdo e as de final dois, claro, do lado direito do prédio, uma de frente para a outra, com os outros cinco apartamentos e seus poucos metros quadrados pelo meio. Os elevadores, que são dois mas deveriam ser quatro, ficam nas colunas centrais, o que significa que Anja precisa caminhar mais que muita gente para entrar em casa, o que ela faz sem pressa, para colocar os pensamentos em ordem e apreciar a vista daquele nono andar, que vai ser sempre bonita, independente do horário, do clima ou da época do ano. Às vezes Anja gostava de imaginar quem teriam sido as pessoas que se hospedaram ali, que dormiram no seu quarto, uma ou nove noites. O que vieram fazer nessa cidade? Negócios? Amores? Uma grande fuga? Alguém fugindo pediria a suíte especial? Será que os outros viam o que ela via, o sol que se põe como em nenhum outro lugar?

Quantas vezes Anja já tinha visto o sol se pôr?

E onde?

Ao contrário de um prédio tradicional, que costuma ser uma caixa fechada em si mesma, o Edifício Hotel Lucas foi idealizado por um arquiteto que não tinha medo do vazio. A fachada não deixa saber, a casca do prédio é cinza e contínua e sem graça como se espera dela, mas o seu interior é a exata definição de surpresa: todos os corredores são abertos, poucas pilastras finas e retas que suportam o teto e o chão daqueles que invariavelmente ficam sem fôlego ao entrar pela primeira vez por ali. As varandas dos bons apartamentos são configuradas de forma que todas (e não só as da cobertura) tenham um pedaço aberto, cujo teto são as nuvens, quando está nublado. Como um pequeno baralho que se abre na mão de um jogador muito experiente, as varandas se montam de forma contínua e buscam o sol, sempre ele. É nessa pequena e solene liberdade que ficam as suas plantas, muitas delas. São três samambaias bem verdinhas, duas costelas-de-adão, um chifre-de-veado que cresce com determinação, um mandacaru com espinhos inofensivos, três avencas exigentes e um abacateiro. A arquitetura é meio ousada e muito improvável e o piso de mármore vermelho sempre combinou muito bem com aqueles olhares de espanto, hoje e cinquenta anos atrás. Anja não se espanta mais, mas sente como se seu coração ficasse um pouco mais vermelho a cada vez que ela atravessa aquele espaço: rubro o coração para harmonizar com o mármore e para se estar adequadamente vestida também pelo lado de dentro naquele lugar de onde é possível ver a cidade quase toda, a linha das centenas de prédios, de tantas alturas e razões de ser, a fumaça cinza que nunca vai embora e a praça imensa que em outras épocas já foi uma estação de trem, pessoas que chegavam e iam embora, sem nunca se importar. E agora, muito perto do dia da sua morte, ela já não sai de casa, porque não precisa, porque já comprou cigarro suficiente para cinco moribundos

(ela é só uma)

e está sozinha. Mas, ainda assim, de vez em quando, ela abre a porta do seu apartamento pra deixar o vento entrar, mas, principalmente, pra ver mais uma vez aquele piso de mármore tão bonito e tão vermelho. Um dia vai ser a última vez e ela quer se lembrar disso. A memória dos mortos ninguém conhece.

Anja só morou em dois lugares, em toda a sua vida. No apartamento com Dulce e Francisco e depois só Dulce sem Francisco, onde o piso era de madeira, daqueles que se alternam entre peças claras e escuras e fazem muito barulho, não importa o sapato que se usa; e agora (há quase vinte anos) nesse carpete azul e no mármore vermelho tão cheio de afetos do Edifício Hotel Lucas. Se a tivessem deixado escolher, ela continuaria no chão de tacos com o Francisco, mas ele morreu de repente dentro de um ônibus e você já reparou como é o piso de um ônibus? É horrível, horrível.

Mas o apartamento novecentos e dois é um dos bons, ela não pode reclamar. E não reclama. Os números nove zero e dois são entalhados em madeira e organizados em um quadro branco que sempre esteve pendurado na porta maciça de jacarandá, logo abaixo do olho mágico. O lado de dentro do apartamento é menos ousado que o resto daquele Edifício Hotel Lucas, mas é onde a vida acontece. (Anja ainda está viva, afinal. Se não morrer hoje, amanhã com certeza.) Ela manteve o piso de taco na sala e nos quartos o carpete original, outrora azul *royal* e hoje só azul e discretamente felpudo. Assim que conseguiu juntar algum dinheiro, depois de mobiliar todos os cômodos e iniciar uma poupança que nunca usará, ela mandou quebrar o teto de gesso e trocou o piso da cozinha – escolheu um granito cinza que além de muito prático (nunca parece sujo) é também bastante sofisticado. Adriano visitou muitas vezes e, na última, como estava com Lã, não pôde subir e pediu que ela descesse.

Ele não morava por perto, e nem se viam ou se falavam com tanta frequência, mas ainda eram amigos, ainda se amavam como só podem se amar as pessoas que se conheceram antes de se tornarem os adultos detestáveis que todos são. A clínica veterinária de Lã ficava no mesmo bairro que o Edifício Hotel Lucas e sempre que estava por ali Adriano se lembrava de Anja. E naquela tarde, como já tinha cancelado os seus compromissos para levar a cachorra a uma consulta de rotina (ela estava bem, só um pouco velha), resolveu pedir que o porteiro tocasse o interfone.

Ô, Ângela, tem uma pessoa aqui para falar com a senhora, mas eu não posso deixar subir não, porque tem também um cachorro imenso, todo pintadinho. O nome dele é Adriano. Da pessoa, porque do cachorro eu não sei.

Ramiro não precisava ter dito aquilo, ninguém tocava

o seu interfone, só Adriano e seu cachorro com pintas, uma simpática dálmata, bem maior que a média. Não gorda, só grande. Ela e Rinoceronte não se conheciam, mas Anja, se tivesse que arriscar, diria que seriam bons amigos depois dos instantes de tensão, quando se farejariam mutuamente, tentando entender pela pele a história um do outro – havia sido assim com os seus donos. Logo que comprou a cachorra, quando era ainda um filhote desengonçado, de cauda insistente e cheiro de leite na boca, Adriano lhe fez uma confissão, talvez a mais íntima de toda a vida dos dois: escolhera essa raça porque o fazia se lembrar da amiga, a pele toda manchada o afogava em boas lembranças e quase lhe estraçalhava o coração de tanta ternura. Era um segredo só dos três, estampado na pele para quem quisesse ver e pudesse decifrar, cada um do seu jeito. Anja com as suas pintas cor-de-rosa, Adriano com as suas sardas alaranjadas, cada vez maiores e mais densas na pele insuportavelmente branca, e Lã, as manchas pretas que dançavam em todo o pelo, a última delas (ou a primeira?) na ponta da longa e ainda inquieta cauda.

Anja tinha acabado de entrar em casa, um dia de trabalho como qualquer outro, gente morrendo na sua frente e ninguém chorando em lugar nenhum. Coloca a comida do Rinoceronte, o gato que se esfrega em suas pernas e manca e mia de satisfação com a sua chegada. Abre as janelas para circular o ar, ela não sente, mas sabe que o cheiro de cigarro está forte por ali. Dá uma breve olhada no espelho para conferir se os cabelos estão suficientemente desorganizados. E desce feliz com a surpresa, ainda que um pouco desconcertada, porque não gosta quando as coisas saem do seu planejamento, mesmo que naquele dia o nada fosse substituído por algo essencialmente bom. Os dois caminhariam pela vizinhança, a cadela sempre no encalço, distraída com cheiros novos que confundiam e encantavam o seu focinho preto e úmido, e parariam para assistir à noite chegando atrasada, sentados em um dos muitos bancos espalhados pela praça que, se pudesse, se espalharia pela cidade (mas era só uma praça).

Boa noite, Ângela.

Adriano sorri enquanto abraça a amiga. Ele faz questão de dizer aquele nome pausadamente, com muita clareza, dando uma ênfase irônica às letras do final, que eram exatamente a prova de que ela mentia sobre o seu nome (Anja já sabia ignorar aquilo há muitos anos).

Ela tinha poucos anos quando as brincadeiras começaram, as pessoas que diziam que seu nome era esquisito, que seu nome era engraçado, as pessoas que riam muito quando o seu nome era dito logo em primeiro lugar na chamada da escola e, depois, quando não havia escola, no jardim do prédio quando um amigo qualquer quisesse gritar por ela sempre tão bem escondida na hora do esconde-esconde e depois e todas as vezes que ela aparecia nos desenhos infantis com asas sendo que ninguém mais tinha asas e ela também não tinha, ela já tinha olhado as costas no espelho muitas e muitas vezes e não havia nem sinal de asas, crescidas ou em broto. E um dia uma versão adolescente dessa menina escutou Ângela e achou que fosse com ela, mas depois viu que não, que Ângela era uma mulher tão bonita e sorridente, uma adulta real de cabelos vermelhos e batom vermelho e dentes bonitos e caminhava como se soubesse aonde ia (e ia pra dentro do prédio em que ela morava) e desde então, pra quem era novo em sua vida e não sabia da história estúpida das asas, ela dizia – sorridente e como se soubesse aonde ia – que o seu nome era Ângela.

Lãzinha! Ela também dizia.

E se abaixa fazendo festas em sua cabeça de cão, a cauda frenética e desengonçada retribui como pode.

Que bom que você está feliz de ver pelo menos um de nós dois.

Adriano estende a mão e Anja pega, satisfeita, o copo plástico gelado pelo milk-shake de chocolate. Os dois sabiam que seria mais adulto se ele lhe trouxesse uma bebida quente, um café sofisticado feito de grãos moídos na hora, mas gostavam mesmo de milk-shake de chocolate da cadeia de fast-food mais duvidosa que existia na cidade. Aquela com a marca vermelha. Anja gostava do doce que fazia doer o céu da boca, quando estava com Adriano. Se não, pão, salame, manteiga. Cigarro, cigarro, limão não.

Porque estavam concentrados em absorver cada um a sua bebida, aproveitando o sabor e usando o canudo plástico para raspar a cobertura que ficava presa na parede do copo (e Adriano segurava ainda a guia de Lã), os dois ficaram um tempo calados, mas isso não incomodava ninguém. A bebida de Anja acaba primeiro, é sempre assim e, gesto automático, os dois trocam os copos: Adriano segura o copo vazio da amiga e Anja termina o segundo milk-shake, Adriano empanturrado de açúcar e com o cérebro mais gelado do que gostaria. Ele só bebe aquilo com Anja. Em todos os outros dias da sua vida tenta manter hábitos mais saudáveis, com sucos naturais e comida de verdade. A sua mulher não come carne, nem açúcar, nem frituras e toma umas quinze pílulas de todas as cores e consistências. Em casa, Adriano não come carne, nem açúcar e nem frituras (e toma diariamente umas quinze pílulas de todas as cores e consistências), mas adora milk-shake.

A gente foi ao veterinário, nós vamos ficar bem.

Adriano precisava de quatro ou cinco dessas frases, engraçadas mas nem tanto, para se sentir à vontade com Anja, justo com ela, com quem, em outras épocas, se sentia mais em casa do que em qualquer outro lugar. Eles não se constrangiam um com o outro, mas sabiam que alguma coisa havia ficado pra trás. Não era o amor, claro que não, tem amor que não morre (outros sim), mas nenhum dos dois saberia dizer o quê. Fingiam que não, com discursos meio vagos, frases feitas e muito mais extrovertidas do que os dois.

Vocês sempre ficam bem. É o poder das pintas. E talvez de uns quilos a mais.

Anja encosta de leve no ombro do amigo.

Eu não vim aqui pra você me acusar, sabe?

Eu não tô te acusando, gordinho. Eu amo você.

Você ama o milk-shake que eu te trago, só isso.

E caminharam, e falaram dos trabalhos, Adriano falou de Maria, Anja falou de Dulce e Adriano contou que tentavam engravidar, mas sem sucesso, e Anja contou que Rinoceronte parecia estar ficando velho, dessa vez de verdade, e comentaram os acontecimentos políticos e os filmes em cartaz e será que a cidade inunda outra vez com essa chuva anunciada, é tudo mentira, amanhã faz sol e lembra do Beto que achava que também chovia dentro da casa dele porque o irmão (Jason) jogava água enquanto ele dormia. Pneumonia. E viram a noite chegar, sentados em um dos muitos bancos daquela praça, a cachorra descansando a cabeça nos pés de Anja e Adriano se sentindo feliz.

Se ele soubesse que aquela seria a última vez que veria Anja, teria comprado o milk-shake de quinhentos mililitros.

*

*Eu tenho uma memória de elefante. Às vezes eu queria que não. Se eu não me lembrasse tão bem das coisas, não sofreria tanto a cada vez que vejo mais um dos machucados desse prédio. Hoje, quando eu tava descendo lá do nono, passei no quinto andar pra olhar a porta do elevador que tava agarrando e literalmente tropecei num pedaço do chão. Era uma lasca imensa daquele mármore vermelho que deve valer fortunas e vai saber há quanto tempo tá solto. As pessoas não avisam não, parece que gostam de morar no meio da decadência. Mas isso é porque não conheceram o Hotel Lucas, o piso brilhava até doer nas retinas, os lençóis eram tão brancos e macios e sofisticados e o café da manhã tinha todos os dias uma fruta que eu nunca tinha visto na minha vida inteira e olha que já vivi muitos anos. E não tinha essa coisa de fruta de época não, era pitaia de janeiro a janeiro, aquela casca cor-de-rosa bem forte e o miolo todo pintadinho. Quando sobrava eles falavam que eu podia comer e eu comia por educação, porque aquilo não tem gosto de nada. Mas é chique.*

*Agora não. Agora eu encontro pedaços de prédio caindo pelo caminho, ou gente morta enfiada em seus próprios apartamentos, há mais de cinco anos. É claro que já morreu gente aqui, a madama que pulou, o Elói que encheu o rabo de remédio, infarto uns três ou quatro que já até ficou banal. Mas assim não. Eles disseram que não deu cheiro porque o corpo sofreu um processo de mumificação natural, como se fosse natural ser uma múmia. Eu não sei se é verdade, mas foi o que eles disseram. Ainda não sabem por que, mas pode ter sido o ar condicionado ligado, há mais de cinco anos. Eles deviam usar isso pra fazer propaganda, eu pessoalmente nunca vi um ar condicionado que nunca estragou. Esse refresca, refresca, até que mumifica. Quem vai querer? Ou pode ter sido porque ela era magra demais, o que eu não lembro de ser verdade, mas disseram que era. Talvez ela tenha ficado magra demais antes de morrer e eu que não reparei. Ou me esqueci, sei lá, é muita coisa só pra mim. Não tem elefante que dê conta. Eu fui lá na casa dela e era só um apartamento com poucos móveis e nenhuma personalidade. E eu tava com pressa. Se ao menos eu tivesse visto o corpo. Porque a minha memória é boa, sim, mas cinco anos é tempo demais pra se lembrar da cara de alguém que não se viu. Que não se sabe. Disseram que pode ter sido uma combinação improvável e rara de temperatura, características corporais e o jeito que o sol batia ou não batia no apartamento e no corpo. Mas ainda vão investigar melhor. O que eu acho, na verdade, é que se tivesse dado cheiro, também, ninguém ia falar nada. As pessoas aqui tão muito ocupadas com a própria vida. As lâmpadas dos andares ficam dias, semanas, queimadas até que alguém tenha a dignidade de me avisar. E não é minha função descobrir, meu trabalho é ficar na portaria e todo mundo sabe que eu tenho o problema no pé, não consigo ficar circulando o prédio inteiro, pra ver se a lâmpada queimou, o piso quebrou, alguém morreu. Gentileza me avisar. E gentileza, por favor, cuidar melhor dos detalhes e acabamentos e coisas bonitas do prédio. O botão pra chamar o elevador, por exemplo, as pessoas acham que precisa apertar dezoito vezes até que ele entenda, mas na verdade ele funciona já no primeiro toque e agora não tem nem sinal da tinta dourada em número nenhum. E só Deus sabe como eu adorava aquela tinta.*

*Tem coisas que eu preferia esquecer.*

*A mortinha, por exemplo, faz dias que não sai da minha cabeça.*

# 08

Adriano foi embora em mil novecentos e oitenta e cinco, quando quase todas aquelas crianças da vizinhança já tinham se tornado adolescentes, ele e Anja inclusive. As dívidas do pai eram maiores que a ânsia da família em permanecer em um lugar conhecido, uma região arborizada e silenciosa onde havia adolescentes que ainda brincavam juntos, quando no resto do mundo eles ficavam bêbados, se machucavam em brigas sem motivo e fumavam maconha pela primeira vez, se perdendo todos em uma nuvem infinita de fumaça e tosse. Anja venceu a timidez sufocante para tentar convencer os pais do amigo a ficar: o novo bairro, de nome confuso-impronunciável, era muito longe e ela não se sentiria segura para pegar os dois ônibus que seriam o mínimo necessário para que se vissem e pudessem ficar em silêncio, perto um do outro.

Mas, claro, no mundo real, as súplicas de uma adolescente, por mais sinceras que fossem, não seriam nunca suficientes para determinar os rumos daquela família, que podia não ter certezas, mas tinha pressa. Eles foram embora num sábado, o carro abarrotado de fragilidades à frente do caminhão de mudança, o motorista uniformizado e encharcado de suor que disse que não sabia chegar sozinho ao bairro confuso-impronunciável e o pai de Adriano, o prestativo pai de Adriano que disse, cheio de esperança, é só me seguir. Anja não ficou da janela assistindo àquela batalha ser vencida pela distância e pelo motor 1.6 de um carro que já poderia ser chamado de velho, porque o seu apartamento era um apartamento de fundos, mas também porque ela sabia que seria melhor arrumar qualquer coisa que a distraísse daquilo, e fingiu que lavar a louça, olhar sem entender as palavras de um livro de lombada gasta, experimentar escondida as roupas da mãe, qualquer coisa servia. Até pensar em como contar à Dulce que ela queria ser enfermeira parecia melhor do que assistir ao amigo indo embora para sempre. Enfermagem era uma profissão que não estava na lista de possibilidades de uma família que se considerava decente e, para Dulce, ela e a filha eram a personificação da decência.

(Lista de Dulce de profissões respeitáveis: medicina, direito, engenharia-civil ou engenharia de produção e nenhuma outra engenharia além das duas supramencionadas, administração, economia e costura.)

Falar ao telefone sempre lhe doía a cabeça.

O correio funcionava bem naquela época e Anja e Adriano trocavam longas cartas, palavras enfileiradas em letras incertas de um lado e de outro. Envelopes brancos e selos coloridos que anunciavam que tudo permanecia quase igual. Páginas e páginas que eram sobre o nada e sobre a vida, vez ou outra um poema, Adriano às vezes se arriscava, Anja nunca. Quando podiam, se encontravam no que era mais ou menos o meio do caminho, uns onze quilômetros para um, treze para o outro, os pais gordos de Adriano davam carona de um lado e Dulce, que detestava dirigir e só usava o carro em caso de vida ou morte, preferia pagar o táxi de ida e volta, para aliviar a culpa por não levar a filha ao encontro do melhor amigo, o que ela sabia ser responsabilidade irrecusável de uma mãe. Antes de entregar o dinheiro, ela dizia cuidado, não vai se apegar demais, você sabe o que acontece quando a gente se apega.

Eles morrem.

Anja não se importava de ir de táxi, ia calada no banco de trás, economizando as palavras para Adriano. Se fosse preciso, fingia dormir com a cabeça apoiada no vidro de qualquer carro, os balanços embalando sua ansiedade e a saudade que sentia e fingia não sentir. Afinal, se admitisse precisar de Adriano, o mundo o levaria embora. Se encontravam sempre no mesmo lugar, uma imensa loja de móveis no centro da cidade e nenhum dos dois se lembrava como essa mania começou. É mania o nome disso? Como um jovem casal recém-casado, percorriam os corredores avaliando preços, fazendo contas imaginárias, escolhendo os móveis e objetos perfeitos e possíveis para a casa dos sonhos que nunca teriam e passavam longas horas testando o conforto e a textura dos sofás e colchões e outros sofás naquele imenso galpão. Os funcionários estavam ocupados demais para prestar atenção nos jovens (jovens demais para estar ali) que travavam longas conversas sobre o que se aprendia na escola, sobre o que se faria da vida e sobre o que se comeria no jantar, todas questões de máxima importância, discutidas enquanto encaravam o teto de zinco e descansavam as pernas no tecido higiênico disposto na base do colchão. Enquanto respeitassem as regras, estariam salvos ali dentro.

Adriano queria ser engenheiro.

Os dois eram as mesmas pessoas, mas precisavam apertar os olhos para reconhecerem um ao outro em corpos que mudavam em velocidade esmagadora, como se tivessem urgência de ser uma outra pessoa e não mais quem haviam sido até então. Se não reconheciam a si mesmos, quem poderia julgar a dificuldade de ver no outro aquilo que sempre esteve ali? Mas não falavam disso. Pelo menos, não com palavras. Anja sentia o olhar curioso do amigo a cada movimento do seu corpo e ela mesma não conseguia deixar de olhar alguns sinais que não existiam antes: os pequenos fios de barba que se espalhavam desordenadamente pelo rosto de Adriano (e eram ruivos e grossos e improváveis), as costas que foram ficando largas e os pés desproporcionais e até meio ameaçadores. Isso acontecia também com aqueles que continuavam seus vizinhos, mas Anja nunca ficava tão perto deles como de Adriano

(ela não tinha coragem)

e, por isso, era muito mais fácil enxergar, mesmo sem entender, o que acontecia ali, no seu amigo, no seu jovem marido de brinquedo que, tudo indicava, precisaria prever, na pia do banheiro, um espaço para os seus utensílios de barbear: a lâmina, a colônia, a espuma e o que mais essas pessoas usam, ela não tinha como saber.

E os seios cresceram, como disseram que cresceriam. E o quadril alargou. E o sangue desceu e doeu do lado de dentro todas as vezes, e o vermelho escorreu grosso por entre suas pernas, levando com ele uma vontade de chorar e uma fome imensa, que não eram e nunca tinham sido do seu feitio. Todo mês era igual e Dulce orgulhosa, porque seu anjo agora era mulher. E tanto depois o corpo secou, como ninguém lhe avisou que aconteceria. O seu útero parou de fazer a única coisa que fazia com regularidade, que era sangrar com a força de uma correnteza. Os peitos pareciam encolher com a mesma velocidade em que apareceram naqueles anos que agora estavam tão distantes (e encolhiam). E a pele se tornou fina, ressecada e frágil demais; a pele doía. E sobre isso ninguém tinha avisado. E ela estava sozinha, porque Dulce já quase morria e uma mãe semimorta não é exatamente uma companhia. E era impossível comer, porque ela tinha constantemente a sensação de qualquer coisa presa em sua garganta. E era impossível falar, mas, pensando bem, isso nem lhe fazia tanta falta.

Mas doía.

E o médico que visitava a sua mãe toda semana foi o segundo a notar que qualquer coisa lhe acontecia na parte de dentro e olhava nos seus olhos e perguntava se estava tudo bem e depois de novo, e os olhos corriam pelo resto do corpo, você pode conversar comigo se quiser, eu posso te ajudar. E ela era só tudo bem e depois de novo até que tudo bem sim, eu só preciso de um antibiótico, a garganta ruim. Dulce doente no outro quarto, no seu Edifício Hotel Lucas, cada vez mais doente e cada vez mais magra (e

Anja também cada vez mais magra, mas não é isso o que acontece àqueles que cuidam de uma mãe semimorta?), todo o sangue que a mãe perdia a cada vez que ela tossia e ela tossia muitas vezes. Dulce cada vez pior, mas não cega e ela via também a filha emagrecendo e cada vez mais calada e a cara de dor sempre que precisava responder alguma coisa. Mas não perguntou, só tossiu.

E Anja não entendia os sintomas e a única pessoa que poderia ter lhe alertado era a médica (jovem demais) que deu o seu diagnóstico, exatamente três semanas antes de Dulce morrer, a médica que o médico de Dulce carregou consigo quando olhou para aquela mulher e as coisas estavam esquisitas e uma especialista era melhor. Mas naquele dia trinta e um de maio, quando lhe foram dados alguns minutos de conversa com Anja, ela se concentrou, como todo bom médico faria, em dizer que havia possibilidades de tratamento, que fariam todo o possível e que ainda não era o momento para susto ou medo ou pânico ou entrega. E prometeu que quando ela voltasse para ver os novos exames, discutiriam todos os impactos daquela doença em seu organismo. Anja queria que ela tivesse avisado que o corpo secaria, que os dentes cairiam, que o seu hálito se tornaria insuportável até pra ela mesma e que a sua pele seria como uma sequência infinita de terminações nervosas que nada faziam além de doer, doer, doer.

Mas Anja nunca fez os novos exames, porque Dulce morria e porque ela sabia muito bem elencar as prioridades em sua vida. E, por isso, ela descobria sozinha o que aquele agressivo câncer poderia significar em cada parte do seu corpo, que todo dia mudava um pouco. Ele era muito mais que um caroço e era como se tivesse poderosas ramificações que alcançavam, inclusive, o seu cérebro, porque, sem dúvidas, a sua cabeça já não funcionava como antes. E ele parecia ocupar, também, o seu estômago, porque ela nunca tinha fome e já não sabia o que era ter um simples desejo de comer alguma coisa, nem mesmo o seu pão, o seu presunto ou o espinafre. E suas carnes estavam feias, a cor e a consistência tão estranhas que poderiam significar qualquer coisa, menos saúde.

Um câncer, agora.

E o corpo muda como se tivesse vontade própria, foi assim na adolescência, na frente de Adriano e também agora e mudaria todo dia até que ela morresse (e ela estava morrendo, se não hoje, amanhã no máximo). Um dia acordava sem sentir as pontas dos dedos, no outro sem voz, mais uma calça que não servia lhe escorrendo pernas abaixo, no outro a vista que embaçava até a hora de dormir. Teve o dia em que, dormindo, quase engoliu o dente que se soltara fácil da gengiva, já era o quarto ou o quinto ou o sexto, ela cuspia dentes como quem cospe impropérios. E fumar doía, mas ela fumava e fumava e a fumaça parecia entrar em sua cabeça pelos buracos deixados pelos dentes e por isso ela enxergava a vida como uma névoa. Ela perdia e perdia e perdia. Ela era Anja, afinal. E não havia Adriano para assistir curioso, dessa vez, a distância física que foi se tornando distância absoluta, ele que foi embora do bairro mas depois voltou. E depois se casou e foi embora de novo. E ela que foi embora do bairro mesmo sem se casar. A cada partida ou chegada, a distância crescia um pouco, a intimidade se perdia, o tempo para que um procurasse o outro era maior e alguma coisa ficava pelo caminho, sem que nenhum dos dois desejasse aquilo. Anja não queria que ele a visse desse jeito e, por isso, não contou quando enterrou sozinha a sua mãe. E não atendeu quando ele ligou, três ou quatro dias depois, como se adivinhasse. E definhava sozinha (ela era Anja, afinal). A última mensagem que Adriano mandou, cuja resposta foi um longo e definitivo silêncio (porque ela já não carregava o celular, porque ela já não olhava aquela tela brilhante que em outro tempo havia sido uma conexão com o resto do mundo, ainda que muito frágil), foi entendida como mudança de número ou não temos mais nada em comum, quantas amizades não acabam assim? E Adriano, que era dócil e discreto, não sabia insistir, não procuraria mais pela amiga que ele acreditava não querer mais a sua amizade. Adriano era orgulhoso.

Anja era câncer.

Os dois foram amigos, mas isso já há tanto tempo.

Adriano, entretanto, pensará em Anja pelo resto de sua vida. Preso no trânsito, enquanto subirem os créditos de um filme ruim, quando chover tanto que as pessoas começarão a pensar que se afogarão. Mas, principalmente

quando tiver vontade de tomar um milk-shake,

quando procurar e encontrar móveis para sua casa ou para a casa da sua filha que se casará com vinte e cinco anos com um homem que também se chama Adriano,

quando, por qualquer razão, em algum hospital, for auxiliado por uma enfermeira ou muito boa ou muito ruim, ou muito simpática ou extremamente mal-humorada,

quando se demorar a dormir nas noites de domingo.

# FOI A HELENA QUEM FALOU PRIMEIRO

logo depois da aula inaugural, no dia um de um curso de quatro anos. A Anja tinha chegado antes do horário; as cadeiras universitárias – aquelas com uma pequena superfície interligada ao braço (quase sempre do lado direito) – organizadas em duas ferraduras, a maior do lado de fora, com vinte e cinco  lugares abraçando a menor, quinze assentos, dois para canhotos.

Ela escolheu uma cadeira na quina da ferradura grande, do lado oposto à porta, perto da parede, longe da professora, que ainda não havia chegado. Helena também não, se atrasou, esbaforiu-se para dentro da sala quando os alunos já viviam o inevitável momento nome, expectativa e o que mais cada um quiser falar.  Sentou-se na ponta da ferradura pequena, perto da porta, longe de Anja.

As duas se viram, eram as únicas ali que não pareciam ter vindo de uma mesma fôrma, até os dentes daquelas muitas meninas eram iguais. E depois que todo mundo falou e a professora falou por mais cinquenta minutos e terminou dizendo parabéns vocês vão ser todos felizes e excelentes profissionais e vamos nos organizar em duplas por favor, foi a Helena quem se levantou e cruzou a sala determinada e esperou em pé ao lado do menino de camiseta de futebol que, depois ela viria a saber, se chamava Enrico, até que ele se levantou e ela se sentou ao lado de Anja e elas seriam uma dupla porque sim.

Helena.

Ângela.

E quando a lista de presença chegou e Helena leu Anja, ela explicou que estava errado e que ia pedir pra corrigir e nunca pediu e todo mundo se esqueceu e Ângela era mesmo muito calada.

Mas naquele dia ela falou, animada e alegre, duas calouras improváveis em uma faculdade concorrida fariam o que pudessem pela felicidade e pelo diploma (o nome era Anja) e combinaram de se encontrar na biblioteca depois do terceiro horário pra já se adiantar, a tarefa era grande e era só a primeira de tantas do primeiro horário do primeiro dia de aula. Já na segunda aula se sentaram do mesmo lado da sala, que dessa vez não tinha ferradura alguma, só dezenas das mesmas cadeiras enfileiradas, oito colunas seis linhas. E, de lá, caminharam juntas até a terceira sala, sem ferradura e sem carteira para os canhotos. Nem uma. E já era meio-dia.

E se a gente almoçasse antes? Bom que a gente descobre de uma vez qual é a dessa cantina.

O estrogonofe tem fama, né?

Minha prima disse pra não pedir a batata palha, nunca a batata palha, só a batata frita. Não tive coragem de perguntar por que.

Batata frita, então.

O estrogonofe era bom, o café que veio depois também; e na biblioteca espera-se silêncio, mas a Helena tinha tanto o que perguntar e o coração da Anja estava alegre; elas encontraram logo os textos que precisavam e sentaram-se no extenso gramado em frente ao prédio da faculdade, sem canga ou toalha, os jeans direto no verde, os mosquitos direto na pele.

Eu não lembro de você no trote.

Eu não vim.

Não perdeu muita coisa.

E desde o dia um, uma não ia a lugar nenhum daquele campus, ou de tudo que orbitava em volta dele, se a outra não fosse, mesmo que fora dali não se telefonassem muito. E foi também ali, no dia um, na grama em frente ao prédio da faculdade concorrida, que elas descobriram que podiam ficar em silêncio sem o desconforto dos silêncios com quem não se sabe, cada uma lendo a sua cópia xerox do mesmo texto, compartilhando um marcador amarelo florescente, a Anja fumando e Helena não.

# 09

Foi Ramiro quem lhe abriu a porta do Edifício Hotel Lucas pela primeira vez e isso não tem nenhum significado oculto ou sobrenatural, são apenas os fatos. Naquela época ele já era velho, já tinha cabelos brancos e a cara cortada por rugas profundas e o corpo franzino enfiado no uniforme estropiado, mas não era tão preguiçoso como agora, ainda se levantava a cada vez que alguém aparecia na porta do prédio, com a testa no vidro (ou quase no vidro) e as mãos tentando proteger os olhos curiosos que procuravam ver a vida que acontecia do lado de dentro, muita gente queria saber da vida no Edifício Hotel Lucas. Ramiro se levantava especialmente rápido se a pessoa carregasse um jornal, a inconfundível página de classificados, uma escolha que podia salvar o dia ou pelo menos o seu emprego, já que não se pode ser porteiro de um prédio vazio. Ramiro não gostava das pessoas, mas do que elas representavam. Ele tinha especial interesse por olhos úmidos e os lábios trêmulos de quem tem esperança, mas não muita. Anja era dessas, ainda que não tivesse cara de que ia morar ali. Ramiro não tinha tempo pra caridade.

Tá procurando emprego? A gente não tá precisando de nada não, mas deixa aí um telefone e qualquer coisa eu ligo. Não é isso, vim ver um apartamento, ela diz, o corpo murchando com a falta de novidade, olham sua cara e esperam ser servidos.

Ah, desculpe, desculpe, a falta de novidade. Vai comprar ou alugar? Mora sozinha? Mais importante que tudo, você tá preparada para o que vai ver? Esse prédio não é para qualquer um, minha filha, eu tenho certeza que vai ser muito feliz aqui.

Eu acho que vou alugar. É o número novecentos e dois, ela diz, conferindo o anúncio marcado com caneta vermelha no alto da segunda coluna de uma página aleatória do jornal.

O novecentos e dois é dos bons! Saiu no jornal de ontem, eu vi. O preço tá maravilhoso, tá quase dado pelo que ele tem a te oferecer, como é que você se chama, minha filha?

Sou Ângela. As chaves estão com o senhor?

Ramiro. Aqui ó. Você sobe, fica à vontade, nem vou dizer espero que goste porque tenho certeza que vai gostar. Aperta o nove e vira à direita e desculpa qualquer coisa. Agora vai, vai logo conhecer o apartamento dos sonhos de qualquer jovenzinha como você. Deixa que eu chamo o elevador, não se preocupe. Aqui não tem porteiro vinte e quatro horas, mas no tempo que tem, eu faço o meu melhor. Vai, minha filha, vai.

Anja gosta de gente que fala sem parar, sem tomar ar entre uma frase e outra, gente que se comporta como se não tivesse pulmões. Perto de gente assim, como esse porteiro Ramiro, ela não precisa se preocupar em falar, em sorrir, em explicar nada, já que essas pessoas só têm tempo e fôlego para prestar atenção em si próprias. Ela não conhecia muitos velhos eloquentes em demasia e talvez por isso tenha subido no elevador se sentindo atropelada pelo homem que nunca calava a boca. Os seus idosos eram apáticos, silenciosos, fracos e meio esverdeados e essa era justamente a razão pela qual eles tinham se tornado os seus idosos. Pra muita gente é quando alguém perde a cor e a capacidade de urinar em uma bacia de louça que essa pessoa (ou o que sobrou dela) deixa de ser família e se torna um pequeno e passageiro problema, facilmente resolvido com a assinatura de um contrato de três páginas com a Casa de Repouso Solário e, se tudo der certo, com a morte, em não muito tempo depois.

Esses eram os idosos que Anja conhecia, os que morriam sempre, muitas vezes diante dos seus olhos, olhos que nos primeiros meses ficavam encharcados e depois marejados e depois não mais, olhos que já não se comoviam com a morte, porque é assim que tem que ser. Naquele dia de conhecer o novecentos e dois não chovia e ela gostava de céu aberto e de nomes estranhos e de cabelos brancos e tudo aquilo devia ser um bom sinal, assim como os botões dourados e tão bonitos, organizados na parede do elevador do lado oposto do espelho, tão confiantes de sua função e, de novo, tão bonitos, sobretudo o número nove que, ela tinha certeza, brilhava mais que qualquer um.

Eu conheço essa tática. O cliente sai com essa cara triste para fingir que não gostou e aí vai usar isso pra negociar o preço com o proprietário. Mas, minha filha, eu não vou falar com ninguém não, pode confessar que você adorou. É perfeito. É Ângela, não é?

Anja sorriu só com os dentes de cima, entregou as chaves de volta para aquele Ramiro e foi embora pensativa. Não era uma tática, ela não tinha um plano, era só que nos seus vinte e três anos de vida ela nunca havia desejado alguma coisa com tanta força; e o querer trazia também o pavor, porque como seria a vida caso ela não pudesse morar no apartamento novecentos e dois do Edifício Hotel Lucas? Como ela teria forças para levantar todas as manhãs e cuidar dos velhos verdes que não tiveram a mesma sorte de Ramiro, que conseguia ficar em pé sozinho?

Quando a gente se apega, eles morrem.

Mas ela voltou uma semana depois. Porque, já no caminho de volta, no dia do jornal, o céu aberto e o pavor, ela ligou do orelhão azul para a imobiliária e fez a sua proposta. E uma promessa, que era cuidar daquele apartamento como se fosse dela. E a proposta foi aceita e a promessa esquecida por todos, menos por ela, porque aos outros só interessava o dinheiro do aluguel (ao Ramiro interessava muito mais). Mas ela prometeu também a si mesma que compraria aquele apartamento, levasse o tempo que fosse. Foram quatro anos de economias para a entrada, depois mais três meses convencendo o proprietário a realizar a venda e mais oito anos de prestações que, à medida que o tempo passava, começaram a caber com conforto em seu estilo de vida, que era mesmo muito discreto. Mas ela voltou e era isso que importava.

E Ramiro mostrou todos os dentes quando viu aquele corpo conhecido e ansioso do outro lado do vidro, a nova inquilina, meio muda, toda preta, a pele com umas bolas que, ele sabia, não devia perguntar o que era.

– Que que é isso?

E depois de quase vinte anos morando ali, ela ainda não havia respondido e já tinha segurança para reconhecer o corpo de Ramiro pela arcada dentária, se necessário fosse. Ela viu aqueles dentes todos muitas e muitas vezes; e embora soubesse que era conveniente desviar o olhar, nunca o fizera, contradizendo a sua essência de bicho acuado. Era um deslumbramento inexplicável e enquanto ele falava e falava e ria e gargalhava e lhe pedia milhares de favores e apontava com desdém as suas pintas, ela, que podia permanecer muda, não parava de olhar todos os detalhes daquela cara conhecida.

E por isso que, quando a luz do elevador acabou e tudo era tão escuro, não fazia a menor diferença, ela conseguia enxergar cada pedaço daquele corpo velho que pressionava o seu contra o espelho, a respiração acelerada de quem tem pouco tempo saindo quente da boca que cheirava a cigarro e frango e pitaia podre e poeira e idade, os dedos pontudos que apertavam a carne e a porta que nunca se abria. Era escuro, mas parecia a luz quente de um palco com os dois no centro e talvez por isso ela não tenha conseguido reagir. A ele ou aos seus dentes.

E Ramiro parecia que não morreria nunca, ele ou os seus dentes. E embora Anja já não saísse mais de casa, ela sabia exatamente como o encontraria, caso o fizesse.

# 10

A luz não costumava faltar. Se faltasse, havia ainda o velho gerador da época do hotel, que não era perfeito, mas resolvia. Só que ele demorava um pouco para acordar e entender a mensagem discreta de que só havia ele e mais ninguém; e se não funcionasse como se esperava que fizesse, deixaria todo mundo no escuro. Quão escuro um lugar pode ser? Naquele dia foram oito minutos entre a queda da energia e o ronco esdrúxulo que indicava o funcionamento do ancião. Oito minutos. Depois, mais uns quarenta e cinco segundos até que o elevador voltasse a funcionar, a luz acesa e a porta aberta no segundo andar. Foram quase nove minutos que os dois ficaram ali e não precisa ser muito inteligente para se saber que uma vida pode mudar em nove minutos.

Mas não foi o caso.

Anja voltava da feira e por isso nunca pôde se esquecer de que aconteceu num domingo. As laranjas que ficaram pelo chão ela não voltou para recolher, e desde aquele dia passou a usar as escadas e só elas. O Ramiro que repetia a qualquer um e a todo mundo que nunca saía da portaria subia naquela hora com ela porque era domingo e não havia o que fazer na sua cadeira gasta e ele também gostava da vista dos andares mais altos e era pra lá que ele ia. Mas disse que subia para ajudá-la com as sacolas, o que de fato fez.

No minuto um, o susto. A luz e o movimento que estavam ali e sumiram num tranco. Só quem já esteve em um elevador sem luz sabe que é tudo absolutamente, irremediavelmente preto e que não se pode enxergar nada além do próprio assombro. No minuto um,

ninguém sabia o que fazer,

mas estavam tranquilos.

Foi Ramiro quem disse a Anja que ficasse calma, a luz logo voltaria e também havia o gerador. Os dois colocaram as sacolas no chão, num gesto que não foi combinado, mas que era a única coisa que se podia fazer diante da impossibilidade de continuar subindo. Anja encostou o corpo cansado na parede, as costas que sentiram o frio do espelho que a refrescava agradavelmente depois de uma caminhada sob o sol – o sol fazia a sua pele arder.

No minuto dois os olhos já se acostumaram com o escuro e é possível perceber a silhueta do outro, que até então era apenas uma respiração (cada vez mais pesada e difícil). Anja pensa em se sentar, mas logo desiste, com medo de que o universo entenda que não há pressa, estão todos confortáveis ali. Aquilo poderia atrasar o gerador. Por isso permanece em pé, como Ramiro, que começa a achar que tudo já está demorando demais. E era só o minuto dois. Ele não sabe o que há nas sacolas de Anja, mas deseja um pouco de água ou, se não fosse pedir demais, uma cerveja gelada.

O minuto três é crucial, pois é quando Ramiro começa a achar que o gerador não vai mais ligar. Se não ligou até agora, é porque estragou de vez, o que, mais dia menos dia, ia mesmo acontecer. O minuto três faz a cabeça de Anja doer, pois Ramiro não para de gritar por socorro, uma voz alta e desiludida e seria muito útil se ela também pudesse gritar. Mas Anja não consegue, se sente ridícula demais fazendo todo aquele barulho em um espaço tão apertado, e se alguém fosse escutar, a voz de Ramiro bastava. E se alguém escutasse, o que poderia fazer? No escuro e sem conhecimento e sem ferramentas e sem diploma de técnico de elevador (existe diploma de técnico de elevador?)... Mas é nesse minuto, o três, que a chave vira, alguma coisa muda naquele homem e Ramiro se impacienta e, apesar de tantos anos ali, Anja nunca tinha visto aquela versão dele. E era só o minuto três.

No minuto quatro os gritos ficam mais esparsos e Ramiro mais inquieto. É impossível andar de um lado para o outro em um espaço tão restrito, mas ele tenta. E, com isso, esbarra insistentemente em uma Anja apática, que já sente calor outra vez e medo ainda. Ele pede para ela gritar também e ela não responde. Não sabia, nunca soubera, que tinha medo de lugares fechados, mas também nunca tinha ficado presa em um elevador. E antes que acabe o minuto quatro, Ramiro coloca as duas mãos nos ombros dela e sacode, com a mesma força e urgência com que grita. Se você ficar assim, feito morta, a gente nunca vai sair daqui.

No minuto cinco já não era mais Ramiro. Não tinha luz, também, e assim Anja não viu a transformação que começou pelo olhar, de repente opaco e meio perdido. Não que ela pudesse ter feito qualquer coisa, eles estavam presos ali, já era o minuto cinco e respirar não era confortável. As mãos estúpidas que estavam nos seus ombros subiram para o pescoço e ficaram flácidas e muito cheias de dedos. A gente vai sair daqui, fica tranquila e desculpa se eu te assustei. E que cheiro bom o seu perfume. Ela não usava perfume. E ninguém gritava mais, porque

Anja nunca havia gritado e agora a boca de Ramiro estava nela, junto com as mãos no seu pescoço, respirando forte no seu ouvido, dizendo que ia ficar tudo bem. Se as mãos tivessem ficado no pescoço talvez tivesse sido mais fácil. Mas o minuto cinco foi embora e elas desceram, ainda flácidas, ainda cheias de dedos, moles como se fossem parte de um corpo sem vida, mas decididas como se não.

No minuto seis era Anja quem não estava ali.

No minuto sete, as mãos apertavam a sua cintura e o corpo inteiro de um velho asqueroso pressionava o seu e ela sabia que tinha que fazer alguma coisa, mas não fez.

No minuto oito, as mãos flácidas e firmes levantavam o seu vestido e descobriam a sua calcinha e ela sabia que tinha que fazer alguma coisa, mas não fez.

Antes do minuto nove, o imenso ronco do gerador: ela ouviu e Ramiro não e ela sabia que tinha que fazer alguma coisa, mas não fez. E depois a luz que se acendeu e ela que sentiu, mesmo com os olhos fechados, e as mãos flácidas que foram embora levando o resto do corpo e ela que ficou por mais um tempo.

Até que foi embora, levando as sacolas, mas não as laranjas.

*

*A verdade é que eu não consegui dormir depois que acharam esse corpo; e justo eu, que não me esqueço de nada, não me lembro da última vez que vi essa Ângela, essa mortinha. Eu não me lembro de caminhão de mudança, de despedidas, de verdades jogadas na cara. E é quase sempre assim quando alguém vai embora. Quando não vão em silêncio, fingindo que eu não existo. Mas eu achava que não lembrar de Ângela era culpa minha e não dela, morte estúpida de gente sozinha. Morreu sem falar nada, a culpa é dela. Mas eu queria me lembrar, eu precisava, porque eu gosto de ter o controle das coisas. E por isso que no dia seguinte (que foi hoje) eu voltei no apartamento novecentos e dois, tinha que encontrar qualquer coisa ali que me fizesse lembrar dessa mortinha antes de morrer. Dos últimos dias. Só pra eu poder dormir tranquilo outra vez, eu acho isso de dormir muito importante. E eu mexi, eu abri gavetas. Eram poucas gavetas, porque quase não tinha móvel. Não me orgulho, não, mas eu precisava. E numa gaveta, lá no fundo, por baixo de um monte de papéis, tinha um envelope dobrado. E dentro do envelope dobrado tinha uma foto com as marcas de dobra, mas não foi nisso que eu reparei, foi naquela mulher. Aquela imagem até bonita e tudo que eu já fiz, não com a foto, mas com ela. Coisas que eu já tirei da cabeça, porque é mais fácil assim. Eu nunca fui exemplo pra ninguém, mas aquela preta de cabelos rebeldes e o corpo todo com umas manchas rosas, aquela Ângela (que tinha um cheiro maravilhoso, agora eu me lembro) era a pior história do meu currículo e agora ela estava morta e eu nem me lembrava dela e bem que sempre me disseram que eu sou um homem ruim. Eu não pediria desculpas, eu acho que a gente é o que é, mas não saber dela, justo dela, isso é muito desrespeito. Agora eu lembro. Ângela era aquela preta cheirosa e meio boba. Ela aceitava de tudo. Mas morrer já é exagero, eu acho.*

*Eu sei que todo mundo morre, mas nem sempre eu concordo. Morrer sozinha dentro de casa e continuar sozinha e morta dentro de casa por mais cinco anos é muito dramático. Eu achei que ela tivesse ido embora. E essa nem é a pior parte. Só ser descoberta morta e sozinha dentro de casa há mais de cinco anos porque acabou o dinheiro da sua conta corrente e a conta de luz, que era débito automático, deixou de ser paga e um funcionário precisou cobrar, mas antes resolveu olhar o padrão de consumo, e era muito estranho, porque era exatamente igual todos os meses. Ser descoberta por um completo estranho. Ter o seu apartamento invadido por um monte de homens uniformizados e os curiosos que tentavam ver alguma coisa lá dentro. Passar cinco anos com o ar condicionado ligado, sem nenhuma pausa para respirar ar de verdade. Todo mundo sabe que ar condicionado faz mal. Morrer sozinha. Continuar morta e sozinha cinco anos depois. Não ter o direito de apodrecer como os outros mortos. Não apodrecer. Não ter ninguém para reconhecer o seu corpo, mas era ela. Morar em um prédio maldito com um porteiro maldito que não sente a sua falta por cinco anos. Morrer sozinha e puta que me pariu, Ângela. Morrer sozinha e continuar morta e isso não mudar nada em lugar nenhum no mundo. Morar em um prédio maldito com vizinhos malditos que não avisam quando alguma coisa precisa de reparo ou quando alguém morre sozinho em seu apartamento. Não receber visitas. Nunca receber visitas. Ter dinheiro suficiente para pagar todas as suas contas por cinco anos, mas não ter dinheiro infinito. Perdoar pessoas horríveis e guardar segredos horríveis e depois morrer. Morrer antes das plantas. Ter um gato em casa por mais de quinze anos e achar que ninguém sabe. Enterrar o gato no jardim do prédio no meio da madrugada e achar que ninguém sabe. Será que foi essa a última vez que eu vi essa mulher? Conversar com o gato morto e guardar segredos horríveis. Ser um segredo horrível. Ficar bêbada sozinha e precisar da ajuda de um velho maldito que nunca ajudou ninguém. Ter um corpo quase desmaiado que era um convite e um caminho para as mãos nervosas de um velho nojento. Duas vezes. Não ter mais corpo nenhum. Não ter o direito de apodrecer. Não apodrecer. Morrer. Morrer sozinha em um prédio com dezenas de pessoas e continuar sozinha. Não esquecer.*

*Com essa morte eu não concordo. Mas foi assim, dizem que foi assim.*

# 11

Todo mundo se acostuma com o cheiro da morte. Porque é inevitável, mas também porque é banal, só mais um dos muitos odores que o corpo humano produz. Dizem que é um cheiro que quem vai morrer não sente, mas aqueles que estão em volta, guardiões da alma, abutres das posses ou meros transeuntes desavisados, sempre percebem. O cheiro da morte é uma constante na Casa de Repouso Solário, é como se já tivesse impregnado nos rejuntes dos azulejos, nas tramas dos lençóis e em qualquer outra superfície minimamente porosa e possível. É por isso que todos têm que estar sempre atentos, narinas abertas para antever qualquer sinal.

Não porque se deve tentar impedir a morte, mas para que se retirem as crianças da sala.

Anja, Maria dor-de-cabeça e Wellington são os melhores cuidadores do asilo, as mãos leves e o faro aguçado. Mas houve um dia em que nem os três foram capazes de perceber o que aconteceria, estava todo mundo tão feliz. Era o casamento de Caruso e Eulálio e os dois estavam radiantes. Não era um casamento oficial, não havia juiz nem documentos, mas os dois vestiam sua melhor roupa (Caruso um terno branco e Eulálio calça e camisa pretas muito bem passadas) e os convidados aplaudiam e riam alto e havia um bolo com calda de chocolate. Eulálio estava se recuperando de uma pneumonia que chegou forte, a alta do hospital já contava uma semana e, por isso, Caruso decidiu que os dois tinham que se casar. As famílias não foram avisadas, porque as famílias não queriam ser avisadas de mais nada e, sem admitir, aguardavam aquele derradeiro telefonema que colocaria fim aos pagamentos mensais e a uma preocupação muito bem montada com a saúde e o bem-estar do patriarca.

(Cuidar de idosos é conhecer o horror. É se despedir, dia após dia, da imagem romântica do velho sorridente na capa de um folheto de um lugar que só faz cuidar de idosos. Velhos verdes não têm dentes.)

As famílias de Eulálio e Caruso eram muito parecidas em suas formações: um casal de filhos para cada, todos casados e com seus próprios herdeiros, todos muito bem estabelecidos e constantemente ocupados. Os dois eram viúvos, por circunstâncias diferentes (ainda que ambos acreditassem em um Deus um tanto sádico). E os dois se conheceram ali, na Casa de Repouso Solário, sete ou oito meses antes de decidirem que se amavam. Não gostavam de dizer que eram homossexuais, Caruso odiava essa palavra e não deixava que ninguém se aproximasse de seu cu, mas sabiam o que sentiam um pelo outro, um amor muito maior do que podiam esperar nessa fase da vida. O casamento era um pouco brincadeira e um pouco muito sério, na medida em que fortaleceria um laço que eles não sabiam que podia ficar mais forte. O cheiro da morte naquela tarde estava escondido por baixo da imensa quantidade de perfume na pele de Caruso.

Aconteceu antes que partissem o bolo, mas depois dos doces discursos de um e de outro. Pelo menos, Eulálio diria depois, ele morreu sabendo o quanto era amado. E eu vou poder me lembrar daquilo que ele disse sobre os bons encontros por todos os dias da minha vida, e tomara que não sejam muitos. Num de repente, Caruso pediu para se sentar, disse que não se sentia muito bem, uma fraqueza e a cabeça rodando, devia ser emoção. Ou labirintite. E aí o coração parou, rápido e definitivo. E Anja, Maria dor-de-cabeça e Wellington sabiam muito bem como fazer a massagem cardíaca e concentrados e insistentes se revezavam a cada três minutos como manda o protocolo e ainda que exaustos não pararam enquanto a ambulância não chegou, mas não deu. Caruso deixou a vida na frente do quase-marido e de todos os convidados, velhos amigos que nem sabiam mais quem eram. Eulálio fingiu (ou acreditou) que estava tudo bem por uma semana, até que foi atropelado pelo pavor que nunca mais foi embora. Mas tudo seguiu e ele viveu por mais seis anos e depois morreu dormindo e a vida continuou para quem continuou vivo, o mesmo cheiro de morte impregnado no asilo.

No dia em que Caruso morreu, Anja e os outros dois saíram juntos de seus plantões e sentaram-se juntos em um bar qualquer que ficava ali por perto. Não pediram bebidas, porque não tinham estômago, nem comeram qualquer coisa, e não falaram muito. Não notaram os olhares incomodados do garçom, aquelas três pessoas que não iam consumir qualquer coisa e que ocupavam uma mesa inteira.

Mas havia outras tantas mesas inteiras completamente vazias.

Pediram uma água, Maria dor-de-cabeça se arriscou em um café já frio, fizeram o que puderam para adiar o momento de ir embora, o momento de se encontrar com outras pessoas que não saberiam o que lhes tinha acontecido naquele dia e que não entenderiam quando contassem, ou o momento de ficar sozinha com um gato que nunca tinha visto a morte; as amizades na Casa de Repouso Solário se formavam assim, no compartilhamento de um trauma. E não é sempre desse jeito? E Wellington que morava mais ou menos perto da colega Ângela caminhou com ela até a porta de casa e pediu que ela tomasse cuidado porque o bairro estava ficando perigoso, segura essa bolsa com firmeza, Ângela, presta atenção no seu caminho. Mas Ângela não tinha medo, estar na rua era muito mais seguro do que estar naquela casa de repouso amaldiçoada pelo cheiro da morte.

Morria-se muito por ali e era isso que garantia o sucesso do negócio. Não eram muitos leitos (vinte e quatro) e se os velhos verdes vivessem por muitos anos não haveria espaço para novos clientes, e os clientes antigos nunca aceitavam os reajustes necessários de índices vigentes e justíssimos, diriam os empresários. Esperava-se a morte como se espera as dezoito horas.

A Casa de Repouso Solário era o único nome carimbado na carteira de trabalho de Anja: do primeiro ao último dia foram dezenove anos, três chefes da mesma família e um não, vinte e cinco férias gozadas e dezoito décimos terceiros salários. Ela fazia também uns serviços por fora, vez ou outra passava a noite na casa de um paciente particular, o boca a boca que é a melhor propaganda para um cuidador de idosos, essa Ângela que estava com a minha mãe quando ela morreu e foi tudo tão calmo e eu vou te dar o telefone. Mas Anja não gostava da responsabilidade de se estar sozinha em uma casa com alguém que vai morrer. Sempre preferiu a cumplicidade do asilo, os cuidadores tomando café juntos e, se necessário, segurando os seus cabelos para que vomitasse sem muita sujeira.

Ela aprendeu que é bom juntar dinheiro, porque dinheiro nunca é demais. Porque Dulce ensinou assim e dizia sempre que se compra com ele um pouco de tranquilidade e o fim do medo. Por quanto? Se por acaso seu marido morresse de repente, ela não se sentiria tão abandonada, só um pouco. E, por isso, não recusou trabalho e juntou dinheiro enquanto deu, mas nunca houve um marido. E melhor que fosse assim, porque agora ela morreria (ainda que não de repente) e não tinha a menor intenção de fazer triste qualquer pessoa nesse mundo.

A Dulce sempre quis que houvesse um marido.

Na penumbra, naquele seu apartamento, ela aproxima o braço ou o punho ou uma das mãos do nariz e respira fundo, tentando reconhecer na sua pele o cheiro da morte. Mas está sendo ingênua, sabe disso. Já contavam dias que não conseguia fazer funcionar o olfato tão aguçado de outros tempos. E, também, quem vai morrer nunca sente o cheiro da morte, eles dizem. E não precisava cheiro nenhum se o corpo todo já dizia, de tantas formas, que ela ia morrer. Anja era inteira o retrato da morte e o mais assustador era que isso não a assustava. Ao encostar a pele desbotada no nariz, ela só notava a sensibilidade exagerada, quase dor, que ocupava o seu rosto inteiro, principalmente embaixo dos olhos e na lateral do pescoço, logo abaixo da orelha. Bem ali, onde, do lado de dentro, o caroço crescia desgovernado.

# 12

Anja nunca fora uma criança de muitas perguntas. Daí fez oito anos.

Por que é que eu não posso ir pra escola?

Porque seu pai morreu.

O pai do Tiago Martins também morreu e ele vai pra escola. Todo mundo vai pra escola.

Você não é todo mundo.

O que Anja mais queria na vida inteira, todos os dias e com toda a sua força, era ser como todo mundo. Ir para a escola, esperar a mãe ou o pai ou a van correndo com os outros todo-mundos, do lado de dentro do portão (mas vendo a rua), almoçar assistindo desenho e pedindo pra não almoçar. E todo mundo tem dias terríveis, quando aprender parece impossível e indigesto – e sabe como sobreviver. E ela fica ali, a cabeça baixa olhando pros livros, olhos e ouvidos abertos, mas incapazes de absorver qualquer coisa. O que Dulce diz desaparece, o que ela escreve é totalmente indecifrável, hieróglifos distantes de uma mãe que está a trinta centímetros. E ela só pensa em ir para a escola, como todo mundo, e a mãe pergunta:

Você entendeu?

Não, e você?

Anja gostava do castigo. Trancada num quarto vazio ela não tinha nenhuma obrigação com o mundo e podia pensar o quanto quisesse. E podia descalçar os sapatos que apertavam os seus dedos e feriam o seu calcanhar. E podia fechar os olhos, se cansasse de tê-los abertos. E como era bom fechar os olhos de vez em quando e escutar o silêncio. O barulho dos carros passando lá fora, em velocidade constante e infinita, o barulho do vento atravessando a fresta da janela, o barulho da vizinha de cima varrendo o chão do apartamento que, por certo, já estava limpo.

Anja adorava o castigo.

E esperava Dulce dormir pra buscar no outro quarto os livros e as anotações e no meio da madrugada estudava e tentava entender tudo o que estava escrito ali, porque o que tinha de orgulho, tinha também de curiosidade. E gostava do castigo, mas também sabia que venceria um dia, que Dulce a colocaria numa escola como todas as outras crianças e aí ela não queria ficar pra trás, ela responderia qualquer coisa que seu professor lhe perguntasse porque saberia tudo, de tudo. E só matemática ela não precisava estudar, porque fazia muito sentido e antes que Dulce terminasse a pergunta ela já sabia a resposta, mas guardava aquilo pra si. E, depois, com a luminária de sua cabeceira acesa no meio do breu, fazia cálculos complexos para os seus oito anos e sempre achava as respostas e avançava páginas e páginas do livro que para Dulce estava ainda no começo. (Português, não. As vírgulas e acentos e tempos verbais e regras regras regras, insuportáveis regras.)

E de manhã estava cansada, mas feliz. E toda mãe sabe reconhecer um filho feliz e Dulce era mãe e o sorriso discreto no rosto da filha esquentava o seu coração e quando ela descia logo cedo para brincar com os amigos a mãe respirava aliviada, pensando que alguma coisa de certo estava fazendo nessa vida. E costurava tranquila os bons vestidos de suas boas clientes e só mais tarde fazia o almoço e como era bom ver uma filha que comia sem reclamar.

Anja comia pouco, comia porque haviam lhe dito que só vive quem come, e Anja não queria morrer. Misturava o arroz com o creme do feijão, largando no canto do prato os grãos cozidos que eram ruins de mastigar, além de muito feios. Deixava a carne por último, picada em pedaços tão miúdos que era quase possível engolir sem sentir o gosto de bicho morto e o que ficava ela escondia entre uma e outra folha de salada que invariavelmente restava naquele prato. Quando havia macarrão – espaguete, parafuso, gravatinha, cabelo de anjo (como é um cabelo de anjo?) – ela comia um pouco mais, mas Dulce dizia que macarrão não dava saúde pra ninguém e, por isso, quase nunca havia macarrão. Do suco ela gostava: o doce azedo da laranja que empurrava o bolo de comida pro estômago e fazia tudo correr mais rápido. Fazia tempo que não havia suco de limão, a Anja vomitava com limão e Dulce não tocava no assunto.

Naquela casa, não eram as cebolas que faziam chorar.

Anja não morreu, mas cresceu pouco. As pernas eram finas como as de uma seriema e os braços finos como as pernas (muito mais finos que as pernas). As outras crianças diziam olívia palito e foi quando ela descobriu quem era aquela tal mulher, que começou a comer espinafre, todos os dias, em todas as refeições. Anja não queria ser olívia, queria ser popeye. Mas as pernas não engrossavam, os músculos não apareciam e as saias continuavam caindo, não importava quantos ajustes Dulce fizesse. E seria sempre assim, porque, ainda que de cores diferentes, Anja havia saído à mãe: magrela e extremamente elegante. Pescoçuda e calada. E Dulce adorava ser magra (e por isso quase não cozinhava macarrão – espaguete, parafuso, gravatinha, cabelo de anjo) e quando começou a emagrecer ainda mais, antes de pensar que aquilo podia ser um mau sinal, fez para si um vestido igual ao da mulher da novela, tão colado no corpo que era difícil respirar. Depois, ela descobriria, a falta de ar não era culpa do vestido.

Quando se mudou para a casa da filha, as coisas já tinham escapado do controle e respirar era impossível, mesmo sem roupa. E as carnes sumiam do seu corpo e não havia espinafre que resolvesse, Anja tentava todas as formas daquela verdura.

Espinafre refogado.

Suflê de espinafre.

Bolinho de espinafre.

Espinafre gratinado.

Lasanha de espinafre.

Sopa.

Quiche.

Panqueca.

Mas o pulmão.

A mãe não queria morrer, gostava da vida, dos discos de bolero que ouvia toda noite e dizia sempre eu vou melhorar e volto para casa, eu vou parar de te incomodar, minha filha, você já trabalha tanto, tanto. Mas comia quase nada e parecia uma folha fina de papel rabiscado e, quando ela chegou, Anja se despediu do seu trabalho. Não cuidaria de mais ninguém que não fosse Dulce, com espinafre e com amor. Não avisou, porque as pessoas logo descobririam que ela não estava lá e ela nem era tão indispensável assim. Maria dor-de-cabeça tinha tentado pedir demissão três vezes e as pessoas sempre a convenciam do contrário, com um discurso bobo que Anja não queria ouvir. Rejeitou três ou quatro ligações do número de telefone que ela conhecia tão bem e pronto, o vínculo estava desfeito. Dezenove anos de carteira assinada e nunca o carimbo final. E nunca o acerto final, mas tudo bem, porque Dulce chegava trazendo as suas economias e não faltaria nada naquela casa, só o ar. Nunca espinafre.

E na Casa de Repouso Solário, dois ou três dias úteis depois, comentavam sua ausência e que aquela Ângela era mesmo esquisita e que aquilo não era surpresa alguma e que a vida continuava e as pessoas não deixariam de morrer porque Ângela e que então voltassem todos ao trabalho e ninguém nunca reparou que o nome escrito na carteira nunca havia sido Ângela. Ninguém nunca reparou em Anja. E em casa ela trabalhava igual, mas ainda tinha que se abraçar ao aspirador de pó para recolher todo o pelo do gato, porque Dulce não o suportava e dizia que era por culpa dele que estava morrendo. E Rinoceronte, que não gostava de ser o culpado de qualquer coisa, engolia bolas e bolas de pelo e vomitava bolas e bolas de pelo e Dulce reclamava bolas e bolas de pelo e de tudo mais que a vida tinha lhe feito.

O gato estúpido.

O gato feio.

O gato sem brilho.

O corpo sem brilho.

Mas o pulmão.

E um dia Rinoceronte amanheceu morto e Anja chorou e chorou e apertou o coraçãozinho impossível do gato com dois dedos, como se reanimavam os bebês em caso de parada cardiorrespiratória, mas Rinoceronte nunca acordou. E Dulce já estava desperta, os dois pulmões bem pretos e os olhos bem abertos e ela parecia cansada, mas viver era um grande esforço e ninguém nunca vai saber o que aconteceu.

E Anja chorou e chorou e chorou até engasgar e por isso tossiu e tossiu e Dulce tossiu e tossiu e no dia da morte de Rinoceronte o único som que se escutava naquele apartamento eram quatro pulmões gritando.

*

*Esse negócio de trabalho é muito sério. Cada um tem o seu e a gente tem que respeitar. O meu trabalho sempre foi cuidar da porta desse prédio, deixar entrar quem precisava entrar, avisar aos ilustres moradores quando a visita chegasse. A visita sempre chega, mas nem sempre volta. É meu trabalho também avisar quando acontece alguma coisa esquisita, como no dia em que um mindigo muito feio e mal cheiroso ficou dormindo na porta do prédio e depois ficou acordado cheirando as drogas dele. Se dependesse de mim, eu tinha colocado pra correr imediatamente, mas a dona síndica daquela época não deixou, disse que era pra gente ter humanidades e ainda me mandou oferecer um café e uma água e me entregou até um pão para dar pro mindigo fedido. Mas ele não quis, só queria saber das drogas dele. Banho não via há séculos. Eu, eu não recuso comida, principalmente pão. Banho também não. Não tenho nada contra quem mora na rua, volta e meia passa alguém aqui na porta e eu não faço nada. Eu só acho que tem limites. Mas meu trabalho, também, é obedecer os chefes e aqui no prédio os chefes são os síndicos.*

*O trabalho da polícia, pelo que eu entendi, é dificultar o meu. Eles só falam comigo pra pedir café, mas me tratam mesmo como se eu fosse uma máquina de expresso. Quando eu faço perguntas, não respondem, mas o meu trabalho é saber das coisas. E foi por isso que eu entrei de novo. Entrei mesmo, foda-se. Essa história de múmia e ficava todo mundo me perguntando e eu não gosto de não ter respostas. Eu fiz uma pequena investigação, a minha própria. E eu sei também que meu trabalho é folgar de noite, mas ontem eu não consegui, ontem eu não fui embora. Na verdade, eu fui, mas quando eu tava na esquina eu voltei. Eu não sei explicar, mas eu precisava voltar naquele apartamento sem a pressa das outras vezes. E quando a portaria tava vazia e todo mundo já tava dormindo, ou lendo um livro, ou fazendo sexo virtual com um desconhecido ou fazendo sexo virtual sozinho ou simplesmente deitado de luz apagada olhando para o teto sem conseguir dormir, eu voltei. A porta continuava destrancada e a faixa zebrada de amarelo e preto dizia não entra, mas até quando? O trabalho da polícia não é ser veloz? E eles nem tinham muito o que descobrir ali, ela tava morta e pronto. Morta mortinha. Cinco anos. Mas meu trabalho é proteger. Tudo continuava igual, o mesmo cheiro de fruta madurinha e o mesmo vazio. Eu procurei qualquer pista que me ajudasse a entender. E no armário da cozinha tinha um monte de cigarro, aquele do maço vermelho, aquele do bom. Pacotes e pacotes que quase pularam no meu colo quando eu abri a porta procurando nem sei o quê e aquilo ali é cigarro de madame. Eu gosto. Eu acho que ela não vai precisar mais deles. Rararrá. Eu, que não sou múmia, ainda tenho pulmões, pelo menos eu acho que tenho. Um, dois, três, são trinta e cinco pacotes de cigarro. Dez maços em cada. Vai dois o zero ali, são sete mil cigarros. Louca. Eu sou bom de conta e ela louca. Sete mil cigarros que eu vou guardar naquela saleta do fosso do elevador, só eu tenho a chave. Três mil e quinhentos pra cada pulmão. Eu fiquei ali um tempão. No apartamento, não na sala do elevador, lugar modorrento com cheiro de suor de gente gorda. Na casa dela eu mijei, abri a geladeira e o cheiro era horrível, eu tirei os meus sapatos e me deitei na cama. O lençol não tinha cheiro de nada, mas ela era cheirosa. A mortinha cobriu todos os espelhos com jornal. Louca. Feia não era. Louca. O jornal de dois mil e treze e eu tenho certeza que ninguém reparou. O trabalho dos polícias é ser estúpido. Cinco anos. Antes de dormir eu lembrei disso e hoje de novo.*

*Parece que o trabalho da mortinha é me atormentar pra sempre.*

# 12.5

O Ramiro sempre dá bom dia, seja manhã, tarde ou noite. Até de madrugada o Ramiro dá bom dia. Ninguém sabe ao certo qual é o horário de seu turno e a que horas ele folga, parece que está sempre ali, o dia inteiro, todo dia, a rabugice de um homem que nunca se acaba. Um homem sozinho e muito enrugado que trabalha em troca de um salário constrangedor, um teto e café bem quente. Café com muito açúcar porque é assim que ele gosta e é ele mesmo quem faz.

Ele estava na portaria quando Anja voltou naquele fim de tarde, o gato duro-pedra enrolado em um cobertor, a mãe semimorta enrolada em outro cobertor e um incômodo novo na garganta. Na manhã que Rinoceronte morreu (e Dulce não), ela saiu sem dizer pra onde ia, a que horas voltava e se voltava. Mas é claro que voltaria, porque ela era Anja e isso significava, antes de qualquer coisa, nunca decepcionar ninguém. Só Anja.

Anja voltou com a chuva, os cabelos crespos muito encharcados, muito mais do que se podia imaginar só com o olhar: pareciam quase secos, mas absorveram uma quantidade absurda de água, que escorreria por horas e horas na portaria, nas escadas, no seu apartamento e no resto de sua vida. Ela não tinha guarda-chuva e estava bêbada.

Ninguém nunca tinha visto Anja bêbada, nem ela.

Mas, naquele dia, o Rinoceronte morto e a Dulce viva e tudo começou a doer. E nem todo o cigarro do mundo dissolveria aquela angústia e havia um bar ali perto, ela só tinha pisado naquele lugar uma vez, quando comprou uma coxinha de frango (horrorosa) que lhe doeu os intestinos, mas hoje estava de volta.

Hoje vodca.

Chovia lá fora e chovia lá dentro e a mesma garrafa encheu o copo tantas vezes que ninguém mais tinha a conta. O dono do bar cobrou quanto quis e ela pagou sem reclamar, porque o dinheiro do mundo não era mais importante que aquela vontade de rir. E riu pro dono do bar, pro próprio reflexo no vidro, pra mulher que corria na rua escondida debaixo de um guarda-chuva e pra um cachorro (vivo) encolhido debaixo de um toldo e gargalhou pra Ramiro e pra mais ninguém quando ele abriu a porta e lhe deu bom dia, ele tinha coragem de falar com ela, mesmo depois de tudo. Ele sempre dava bom dia.

Não é bom dia, você não vê, seu velho nojento? É bom de tardinha. quase noite. Velho. Nojento.

E risos.

Ela cambaleava como um filhote de mamífero recém-saído da placenta. Ele achou por bem ajudar, se levantou e ofereceu o braço bom para que ela se apoiasse, a caminhada até o elevador seria longa, meu Deus, longa.

Você tire suas mãos de mim, seu velho nojento. Nojento. Tarado. Velho. Velho.

E ela ria. Gargalhava. E caía.

E ninguém, nem Ramiro, deixaria uma mulher caída no chão, encharcada de chuva e de pânico, afogada em risadas horrorosas e um mar inteiro de rancor. Ele pediu calma, ela devolveu com um tapa que acertou o ar e fez doer o seu ombro, ela não pretendia encontrar o vazio.

Ela desejou enfiar a mão inteira na fuça daquele homem. Ela errou, ele desviou, ela riu. Ele esperou enquanto ela ria e enquanto o riso virava soluço e depois um choro imenso. E estendeu a mão, que ela aceitou. Ele só queria levá-la até a porta de casa, aquela mulher precisava de um banho e de um bom travesseiro e de todo o calor do mundo. E ele era velho, imprestável, mas ainda era o porteiro que já há anos ajudava os bêbados e os fracos e os mancos e os estúpidos quando eles não conseguiam chegar em casa e havia muitos desses no Edifício Hotel Lucas, havia inclusive alcoólatras que viviam um dia de cada vez. E havia Elói e seus remédios. E a louca do cacto. E síndicos. E gente sem nome. E bêbados, muitos.

Ramiro, ele mesmo, já tinha ido trabalhar zonzo de cachaça. Nove vezes. A última não fazia muito. Mas não hoje.

Hoje Anja.

Hoje vodca.

Anja tinha os dedos longos, que ele segurou com força. Dedos trêmulos que ele não se lembrava, mas ela se deixou ficar ali, o mamífero que não sabia andar também tinha medo e chovia no hall de entrada que começava a escurecer. Ramiro era velho, mil anos ou mais, mas ainda tinha força no braço bom. Puxou o corpo ossudo que, por sua vez, se concentrou em permanecer de pé, o tremor dos dedos escorrendo para as pernas, mas Ramiro estava ali. Se esticou para alcançar o botão dourado do elevador e

não.

Eu só vou de escada. Soluço. Por favor.

Ramiro que sabia de tudo nunca tinha reparado que Anja não usava o elevador. Ramiro achava que sabia de tudo mas, aparentemente, não.

A gente vai de escada, então.

Se alguém já subiu nove andares de escada com um mamífero recém-nascido sabe que pode demorar. Se alguém já foi porteiro um dia sabe que deixar a portaria vazia por tanto tempo é problemático. Mas ele foi, de mãos dadas até o quinto andar e depois com o braço esquerdo daquela mulher enrolado em seu pescoço, trezentos ossos de uma cobra pegajosa.

Cobra não é mamífero.

Ela diz tira as mãos de mim enquanto aperta o seu pescoço com mais força. Ela vomita na escada, ele vai limpar depois.

Eu te odeio.

Me ajuda.

Eles chegam ao novecentos e dois, ele tem um problema no pé, mas nem se lembra disso, ela está molhada demais pra encontrar as chaves. Entrega a bolsa pra ele que, constrangido, procura. Ela ri outra vez e ri cada vez mais alto e não tem muita paciência para esperar, ela quer entrar em casa e tenta forçar, com patas moles de filhote, uma porta imensa de madeira que é muito mais forte que ela. E chão. Anja sentada, as gargalhadas batendo na porta e Ramiro investigando uma bolsa cheia de banalidades e nenhuma chave.

Até que os dois olham para o fantasma.

Era Dulce, mas o Ramiro não sabia. Uma mulher muito branca e os olhos fundos e um cobertor jogado aos ombros e o debaixo dos olhos pretos e os pés descalços e cheios de veias na porta do apartamento.

Você ainda tá viva, a Anja diz.

Anja tem raiva e não tem medo de fantasma. Dulce não diz palavra alguma, dá as costas para os dois e para a porta aberta e vai tossir em paz na sua cama. É Ramiro quem não entende nada e é ele quem ajuda Anja a se levantar (mais uma vez) e caminha com ela até o seu quarto e ela se deita na cama e ele é todo respeito.

Boa noite, dona Ângela.

Ninguém nunca mais falou daquele assunto e Rinoceronte foi enterrado trinta horas depois, quando era madrugada alta e Anja precisou usar o ancinho das suas plantas pra conseguir fazer um buraco na terra do jardim do Edifício Hotel Lucas e era escuro e sua cabeça doía e demorou duas horas ou um pouco mais, mas foi um serviço muito bem-feito, uma bromélia por cima e ninguém nunca desconfiaria e sua cabeça doía e doía.

# 13

Se havia mais alguém para chorar Rinoceronte, era Afonso, mas ele nunca foi avisado. Não chorou, então. A Anja e o Afonso se conheceram há muitos anos, quando a Dulce era viva e saudável e morava muito longe daquele prédio, quando o Rinoceronte era vivo e saudável e morava ali, acima da terra. O caroço nem ameaçava existir e, portanto, não doía. Foi num fim de tarde, devia ser segunda ou quarta-feira, porque esses eram os dias em que ela chegava mais cedo da Casa de Repouso Solário, pegava o primeiro turno, o turno do sol, das fraldas encharcadas de urina e pesadas de uma merda pastosa de intestinos exaustos, o turno do banho em peles que se rasgavam se não se tomasse cuidado. Ou mesmo se sim. A sua campainha tocou, com o susto que ela sempre trazia. Não era o Afonso, mas a sua babá, que aproveitava a ausência da patroa para passar de porta em porta revendendo maquiagens, calcinhas, sutiãs e potes de plástico. Ela se chamava Célia, Cléia, ou algo parecido. E ele, o Afonso, se escondia atrás das pernas compridas daquela mulher que dizia que já já voltariam pra casa, só mais um pouquinho, já tô acabando aqui.

Anja não estava precisando de maquiagem (ela não usava), de calcinha ou sutiã (ela tinha acabado de comprar novos, pretos e lisos, de puro algodão) ou de potes de plástico (ela preferia os de vidro, duravam mais e não guardavam cheiro). Também, ela não achou Célia ou Cléia simpática, mas não teve coragem de fechar a porta quando viu os olhos do menino encarando o Rinoceronte que procurava um lugar pra se esconder – ele também tinha se assustado com a campainha, era muito assustadiço o Rinoceronte.

E você é quem?

Responde para a moça, Afonso. Ela tá falando com você.

É um nome bonito, o seu. Eu sou a Ângela, tudo bem? E aquele ali embaixo da mesa é o Rinoceronte.

Não é um gato?

É um gato! Mas o nome dele é Rinoceronte.

O Afonso tinha seis anos (e uma babá!). O corte de cabelo improvável e levemente inadequado, fios compridos demais escondendo orelhas que queriam se exibir, as mãos ansiosas pelo Rinoceronte e a pele pálida que fazia com que Anja se lembrasse de Adriano. O Afonso não tinha sardas e não era nem um pouco gordo, mas ainda assim acordava em Anja uma memória qualquer de quando ela era criança e tinha um amigo só seu, e como ela sentia saudade do Adriano, mesmo que ele continuasse vivo e eles se falassem de vez em quando. O Adriano adulto não era o Adriano criança e nem Anja era e ela sentia saudade também de quando ela era a mais rápida na hora de se esconder dos vizinhos, e nenhum adulto brinca de esconde-esconde.

Ou brinca.

Mas, se brinca, não admite.

No dia seguinte a campainha tocou de novo. Você me desculpe, mas ele pediu pra vir, queria muito ver o seu gato, como é mesmo o nome?

Ângela.

Do gato, não seu.

Dessa vez, o Afonso não se escondia atrás das pernas daquela mulher séria, o seu corpo inteiro dizia que ele queria entrar e descobrir como era a vida e o pelo do Rinoceronte.

A senhora se importa se eu deixar ele um pouquinho aqui? Foi ele que pediu, mas pra mim seria ótimo, eu tenho umas coisas pra resolver antes da outra chegar.

Agora era senhora.

O Afonso ficou porque Anja não se importava e, mesmo que se importasse, não saberia como dizer.

Entrou tímido e se assentou na ponta do sofá, os pés que ainda não tocavam o chão, os olhos que corriam de um lado a outro e não sabiam esperar. O Rinoceronte, curioso, veio se exibir e miar forte pra dizer que aquela Anja ali já tinha dono. Afonso se abaixou, as mãozinhas ávidas para encostar no macio cinza que era o gato. E ele deixou. E a Anja perdida, perdida, porque ela sabia como cuidar dos seus velhos verdes, mas não de uma criança de cabelos desalinhados e aspecto tão saudável assim.

Você quer um café?

O Afonso tinha seis anos e nunca tinha tomado café

porque seis anos. O cheiro era bom, mas o gosto muito forte. Fechou os olhos e tomou tudo de uma vez, como fazia com os remédios que a Célia ou Cléia lhe dava quando estava gripado ou com febre ou com o estômago revirado. O Rinoceronte se sentou no pequeno colo de Afonso, aceitou os carinhos miúdos do menino e fez aquele barulho que parecia uma panela em ponto de fervura. A Anja se sentou no chão, perto daqueles dois na ponta do sofá e contou para o menino que o gato estava feliz.

É esse motorzinho na barriga que deixa a gente saber.

Quando ele voltou, no dia seguinte, disse que não ia querer o café não, só um copinho de água mesmo. Admitiu que não tinha gostado tanto assim e Anja disse que não tinha problema. Ela, por sua vez, admitiu que o seu nome era Anja, mas que ele não precisava contar pra mais ninguém. Isso, como anjo, só que menina.

O meu é Afonso mesmo.

O Afonso vinha sempre, pelo anjo mulher e pelo gato cinza, e também porque ficar em casa o dia todo não era bom. Eram setenta e sete apartamentos e nenhuma outra criança. Aos cactos se calcula a idade como aos cachorros: vezes sete. O Afonso não tinha muitos amigos, as crianças não brincavam mais na rua como no tempo de Anja ou de

Célia ou de Cléia. Muitas vezes Anja deixava os dois na sala e se sentava na varanda com um livro ruim e os pés pra cima e ouvia de longe as conversas dos dois, o Afonso que fazia a própria voz e também a de Rinoceronte, que parecia mesmo um gato engraçado.

A Célia adorava quando o Afonso vinha, a Cléia também. Sobrava mais tempo.

Anja se lembrava de quando era ela quem era criança, poucos anos e já precisava brigar. Eu quero ir pra escola, todo mundo vai pra escola e eu sou todo mundo também. Com dez anos, Dulce cedeu, e assinou doze cheques pré-datados que eram a mensalidade indecente daquele colégio particular que era o melhor da região.

Anja adorava o colégio, adorava os amigos, adorava especialmente a professora de matemática, que nunca errava. A professora também gostava dela. E ela já sabia que quando crescesse seria também uma ótima professora de matemática e ensinaria tudo certo para as crianças que trariam presentes no dia dos professores e talvez também na Páscoa.

O Afonso era um outro Adriano em uma outra época e Anja gostava que ele estivesse em sua casa, no seu sofá, no seu gato. Mas ele fez sete, depois oito e depois nove anos. E depois dez, onze e doze. E aparecia cada vez menos, porque o inglês, o judô, as lições da escola. Ele fez amigos, porque é isso que crianças fazem. E quando ele fez treze anos, já não vinha mais. Ainda era doce quando se encontravam na portaria, ou no ponto de ônibus, ou na padaria ali perto, o Afonso sempre sorria e sempre perguntava de Rinoceronte, mas não quando estava perto de outros adolescentes porque aí era só um aceno discreto, muito discreto, quase invisível.

Às vezes era de fato invisível, mas Anja sabia que ele havia acenado.

E se o tempo andou normal, coisa que ele sempre faz, não importa o quanto alguém deseje o contrário, o Afonso fez quinze anos, e a Anja já tinha quase quarenta e o Rinoceronte não completou dezesseis. O Rinoceronte morreu e Anja chorou e pensou em avisar ao Afonso, mas ele devia estar muito ocupado porque as pessoas aos quinze anos são muito ocupadas.

# ERA SÓ ELA E O ANCINHO

na realidade, um mini ancinho, desses que integram os simpáticos kits de jardinagem pensados para quem gosta de plantas, mas mora em apartamento. Ou para quem gosta de plantas, mas nem tanto, só o suficiente para mudar o pacová de vaso, quando ficar apertado, ou para transplantar um pedaço de zamioculca que não para de dar muda. Pra quem gosta de planta, mas está sempre de tênis, não pisa na terra, não pega em minhoca.

Além do mini-ancinho, o kit vinha com duas pás largas, um garfo, uma tesoura e um par de luvas. Ela desceu só com o ancinho, mas uma pá larga teria sido mais útil (as luvas já haviam se perdido há muito tempo).

Enrolado num cobertor, o Rinoceronte morto, o Rinoceronte duro. Eram três e trinta e cinco da manhã e ela já sabia, desde às dez da noite, que não conseguiria dormir. Nem tentou. Tudo o que tinha que fazer era esperar a madrugada, quando a escuridão tornaria o seu trabalho possível; morar em um prédio decadente de síndico avarento tem as suas vantagens. O gato fica comigo. Não havia possibilidade de ela entregar o seu corpo à prefeitura, como orientavam, e que ninguém ousasse dizer que ele não estava mais ali, que jogasse no lixo, o caminhão passa em uma hora, isso é só a casca, não é o seu gato. A Dulce disse.

A Anja desceu às três e trinta e cinco, pelas escadas, só ela e o ancinho e o Rinoceronte e o cobertor. O jardim do Edifício Hotel Lucas não é o melhor trabalho de nenhum paisagista, pelo menos não mais, são longos espaços vazios, muita grama, uns arbustos cuja espécie ninguém se lembra. E árvores e o espaço incerto que existe embaixo delas e Anja escolheu uma quaresmeira-roxa (eram cinco), a que ficava mais perto do muro, mais longe do resto, um pouco escuro e muito úmido. Ela era alta, as flores bonitas, duas vezes ao ano, que quando caíam formavam um tapete que era uma boa homenagem para Rinoceronte.

Agachada, os olhos fixos no chão marrom, o ancinho que realmente não tinha sido a melhor escolha, aquilo levaria horas, os joelhos doendo. A Anja assentada no chão, as pernas abertas e os joelhos dobrados, ela cavando o chão como as crianças que sobem castelos de areia na praia, protegidos pelas quinas dos seus corpos felizes e salgados. O som da terra sendo manipulada, o ancinho que às vezes esbarra em um galho ou raiz e assusta Anja como se fosse qualquer coisa muito pior que isso, o vento frio que bate nas costas e o cheiro de cigarro.

Rinoceronte nunca parecera um gato grande ou gordo demais. Ele tinha o tamanho de um gato normal, um gato feliz, um gato cinza. Mas agora, gigante, e Anja levaria horas para enfiá-lo nesse buraco que, meu Deus, não estava crescendo.

Você devia usar uma colher grande, dessas de arroz, o cabo de madeira.

A voz vinha do mesmo lugar que o cheiro de cigarro, que era um banco de cimento, há uns três metros dali, embaixo de uma outra árvore, também quaresmeira-roxa.

Daí você podia colocar os montes de terra em um saco plástico e levar embora quando acabar, porque o Ramiro vai descobrir isso aí.

E ela lá, parada-apavorada, sem dizer palavra pro homem que parecia não ter medo algum de uma mulher que enterra o seu gato morto no meio da madrugada. E ele ainda tinha muito a dizer, isso também parecia.

Não te assusta. Só tô fumando, acabo e já subo. É que a minha mulher não me deixa fumar em casa. E ainda me faz escovar os dentes depois de cada cigarro. É um imenso desperdício de pasta de dente.

E enquanto falava, ele estendia o maço e com a outra mão já girava o isqueiro e antes de abrir a boca a Anja já aceitava o cigarro, mesmo não sendo o que ela gostava, esse era fraco, fraco, ainda mais pra um momento assim.

Eduardo. Quatrocentos e um.

Eu sou a Ângela, do novecentos e dois.

Um dos bons. Descansa um pouco.

Eu não posso, falta muito – ela diz, ofegante demais para alguém que acha que não pode descansar.

O corpo também fala e ela já estava em pé quando disse que não e já estava sentada ao lado dele quando disse por favor não comenta com ninguém.

Ele morreu de quê?

Ele só morreu.

Eu não vou falar, mas você tem que arrumar isso aí. Porque o Ramiro vê tudo, aquele maldito asqueroso.

Daí ele disse que ia subir, mas que ela esperasse na porta do elevador, que ele mandaria uma colher de arroz e um saco plástico e ela esperou, mas, quando abriu a porta, as coisas não estavam no chão, como ele disse que estariam, mas nas mãos dele.

E ele era muito mais rápido do que ela e a colher era muito melhor que o mini-ancinho e o saco se encheu logo e o Rinoceronte de novo em seu tamanho normal e ela chorou e ele disse tá tudo bem e eles fumaram mais dois cigarros cada um enquanto ela contava como o gato havia chegado e agora ele era a única pessoa que sabia que nunca tinha havido coisas de feira naquela sacola colorida e sim um Rinoceronte, é assim que eu saía com ele, se eu precisasse sair.

E a quaresmeira-roxa nunca mais seria a mesma e Anja também não, pois Rinoceronte, mas Eduardo sim, ele subiria, escovaria os dentes três vezes, uma para cada cigarro, e dormiria ao lado da esposa. Antes de pegar no sono, ele pensou pobrezinha, perder um gato é ruim demais, mas já não se lembrava do nome dela.

# 14

Começou com uma mancha esbranquiçada na parte de dentro do lábio superior. Anja sentia que ela estava ali quando corria a língua pelos cantos da boca: a área branca era um pouco mais ressecada e mais áspera do que o resto da mucosa, sempre úmida e rosada. Isso foi antes do caroço e, inclusive, semanas antes de Dulce se mudar para o seu apartamento. Não deu atenção, era só uma mancha, e Anja, mais do que ninguém, sabia que as manchas não podem fazer tão mal assim (as manchas são terríveis).

Junto com Dulce veio um gosto ruim na boca, mas ela achou que fosse a vida. Anja escovava os dentes a cada hora ou menos e mesmo assim a sensação de ter engolido um cachorro molhado ou uma dessas roupas que foi guardada antes que pudesse secar ao sol nunca ia embora. Não era um gosto conhecido, mas um desconforto constante e a certeza de um mau-hálito que incomodaria qualquer um que tivesse nariz. Ficava pior com o cigarro, como se o podre da fumaça não gostasse de se misturar com outros podres. Mas Anja não parou de fumar, mastigava um chiclete de menta a cada hora ou menos e a vida seguiu, a mancha seguiu, o cachorro molhado não latiu, mas estava ali. Só esperando.

Depois veio a sensação esquisita. Algo preso em sua garganta, o tempo inteiro era difícil engolir. Aquilo Anja diagnosticou como angústia, já que a mãe já se sabia muito doente e precisava de sua ajuda e ela já não tinha pai, não tinha irmãos, não tinha ninguém, era natural que se sentisse um pouco esquisita diante de uma notícia tão difícil, uma mãe doente ninguém quer, uma mãe doente ninguém engole.

As coisas se embolavam e pareciam acontecer todas ao mesmo tempo, tantos dias de uma existência vazia e agora isso. A Dulce que precisava dela, o tio Jesus que não ajudava e não telefonava e a Dulce que se ressentia disso e não falava nada e a Anja que não esperava nada diferente de qualquer pessoa. Um enfisema em uma, a angústia em outra.

Mas não era uma angústia, era um caroço.

Um caroço que crescia dentro da boca de uma mulher que já andava magra demais, Anja não tinha muito espaço sobrando. Foi preciso uma manobra dramática para que ela conseguisse enxergá-lo: uma caneta azul de tampa mastigada empurrando a sua língua pra baixo, a lanterna do celular iluminando o lado de dentro da boca e o pescoço contraído para que ela se visse no espelho, a si e ao caroço esbranquiçado e endurecido que começava a crescer num canto escuro daquela caverna inútil. A garganta doía como uma amigdalite, o mau cheiro quase a enjoava e é claro que ela estava exagerando, mas a febre ameaçava aparecer e, por isso, o medo.

Foi no dia vinte e três de maio de dois mil e onze que ela aceitou que o médico de sua mãe olhasse pra ela, ele que já vinha dizendo há tantas semanas que estava ali, que podia ajudar e ajudaria. Ela só queria os remédios certos e não precisaria mais se preocupar com a febre, ficaria bem para cuidar da mãe, aquela Dulce que já estava instalada no quarto de hóspedes com o papel de parede cinza e branco, listras elegantes que deviam trazer calma, mas não. Na noite anterior, Anja havia tentado arrancar o caroço, porque ela detestava os médicos tanto quanto a febre e ele era rígido e seco e meio escuro e parecia pronto para ser removido com uma faca de cozinha sem ponta, o importante não era o fio de corte, mas a superfície firme e gelada que provocaria a massa de células até que ela se soltasse por completo e Anja pudesse cuspi-la preta na privada do banheiro.

Principalmente, mas não só por isso, o médico não gostou do que viu. E no dia seguinte, sem perguntar, sem avisar, voltou ali com outra médica, especialista. Não é que ele gostasse de Anja, mas tinha feito uma lista enorme de juramentos ao seu diploma. Especialista. Em morrer? Era uma ferida grande e a carne viva em um lugar de difícil acesso, eu não sei como vamos tratar isso, deve estar doendo muito, deve ter doído muito. Eu preciso de exames, mas eu preciso que você me prometa ficar longe disso, você cuida bem de todo mundo, mas não de você? Anja não precisava de exames, ela já sabia que a médica escolheria palavras confusas para não dizer câncer, eles sempre dizem um nódulo ou massa maligna porque acham que as pessoas não sabem receber o diagnóstico de câncer, mas aquilo era um câncer, foi o que disse o resultado do exame no dia vinte e seis de maio e, depois, a médica de novo no dia trinta e um. E ela disse possibilidades de tratamento, todo o possível e que ainda não era o momento para susto ou medo ou pânico ou entrega.

Não era mesmo, porque ela não podia morrer antes de Dulce. Mas Dulce parecia se esforçar para vencer, ela secava e tossia e criticava os cabelos da filha, que fazia tudo o que podia para ajudar, mas ninguém se salvaria. Só o caroço parecia prosperar naquele ambiente inóspito que era Anja e ele crescia rápido e a mancha branca se espalhou por outras partes da boca que antes era rosa e úmida e agora era áspera e pálida e o cheiro era insuportável e era difícil mastigar um chiclete porque ardia.

E não era irônico demais tudo acabar em mancha?

Dulce foi embora num saco preto, já era tempo. Numa caixa de louça em cima da pia do banheiro a Anja guardava os dentes que caíam. Agora era fácil ver o caroço preto, bastava abrir a boca e prender a respiração, sem caneta, sem manobras, só os olhos que não tinham medo e nem nunca teriam. Sozinha em casa, ela já não se importava com o cheiro, as pessoas se acostumam a qualquer coisa nessa vida, a podridão que já aparecia do lado de fora, um montinho de carne a mais no pescoço, aquilo não deveria estar ali.

Mas estava.

Anja pensava que talvez Dulce se orgulhasse de seu corpo cada dia mais magro, as pontas dos ossos querendo rasgar a pele pra respirar melhor. Anja era enfermeira, mas sempre achou que os cabelos cancerosos só caíam por causa do tratamento invasivo e violento, mas não. A cada banho ela entupia o ralo com os crespos que a mãe odiava e custava a se abaixar pra recolhê-los, porque a cabeça parecia muito mais pesada do que o corpo podia suportar. Uma cabeça humana pesa aproximadamente seis quilos e traz trinta e dois dentes, mas a de Anja devia estar pesando muito mais do que aquilo, ainda que trouxesse apenas vinte e sete dentes brancos (amarelos) e cobertos por uma camada quase invisível de saliva ressecada.

No dia trinta e um de dezembro de dois mil e onze, sete meses e oito dias depois da sua primeira consulta, Anja estava deitada no sofá, a febre aumentando e os remédios ignorando que aquilo lhe doía muito, demais. Não estourou um champanhe quando virou dois mil e doze, mas acendeu um cigarro.

# 15

Dulce não foi a primeira pessoa que Anja viu morrer. Foram dezessete antes dela:

O Caruso, que morreu de amor no meio da sua festa de casamento na Casa de Repouso Solário.

A Ana Martha, que arrancou os tubos que a ligavam ao balão de oxigênio e virou o rosto quando Anja tentou encaixar novamente no seu nariz e obviamente não morreu assim, mas teve uma parada cardíaca três dias depois, no quarto que dividia com Dona Júlia, também na Casa de Repouso Solário.

A Sílvia, que já chegou meio morta, porque foi

atropelada quase na porta e as pessoas acharam que a Casa de Repouso Solário era um hospital ou clínica e a carregaram até ali e ela morreu na recepção antes que uma ambulância chegasse e ela era jovem e bonita e se acabou ensanguentada e toda quebrada no piso gelado e manchado de um asilo.

A Sílvia fez com que todos os idosos chorassem e se desesperassem e a hora de dormir foi muito caótica, tão caótica que pediram que a Anja estendesse o seu turno pela madrugada, coisa que ela nunca fazia porque gostava de dormir nas madrugadas, mas naquele dia ela disse sim. E até ela, como os velhos verdes, via o corpo ensanguentado e quebrantado de Sílvia quando fechava os olhos por mais de cinco segundos.

O Calisto que morreu em casa, com todos os filhos em volta da cama e os netos na sala, esperando pelos pais inconsoláveis que se reuniram porque o médico disse que a morte não passava daquela noite e todos em volta do moribundo contando histórias engraçadas, emocionantes, histórias exatamente iguais às histórias de outras famílias, mas eles acreditavam que eram especiais. Todo mundo falava e ninguém deixava Anja sair do quarto, porque se o velho Calisto precisasse de alguma coisa era ela quem poderia ajudar e os filhos e noras e genros só estavam ali pra sorrir e dizer vá em paz. Calisto morreu em silêncio, morreu dormindo e seu filho mais velho também cochilava, mas acordou com o choro escandaloso da irmã.

O Manuel, que tinha Alzheimer e morreu sem saber que era o Manuel, enquanto tomava o sol da manhã em um dia de inverno no hemisfério sul, no jardim dos fundos da Casa de Repouso Solário, enquanto Anja lhe passava uma toalha úmida no rosto para aliviar o calor, mas o calor vinha de dentro.

A Joana d'Arc e o seu bebê que não chegou a ter nome, em um parto complexo, quando Anja ainda era estagiária de enfermagem em um hospital público e achou que todo o sangue do mundo escorria pelas pernas de uma mulher que nem tinha marido.

Os anos de faculdade não foram os mais fáceis (nem os mais difíceis). Anja gostava das aulas, ainda que se sentisse um tanto deslocada em meio aos alunos, que eram quase todos alunas, tão bonitas, tão loiras e tão ricas. Ela não era rica, mas Dulce se esforçava para lhe dar a melhor vida dentro do que lhe cabia, o salário discreto de uma costureira e a pensão de Francisco, que parecia se desvalorizar a cada vez que Dulce resolvia checar o extrato bancário. Havia Helena, que era não-rica e não-loira como ela, mas, para além dessa, havia dezenas de pessoas que sempre arrumavam um jeito de comentar as manchas cor de rosa que se espalhavam pelo seu corpo. E eram esses os profissionais de saúde que a faculdade estava formando.

Mas o estágio era bom. Era a primeira vez que ela se sentia útil e ajudou a salvar algumas vidas e aprendeu como se encontra uma veia difícil no braço de uma mulher difícil e entendeu como incentivar os homens a usarem a comadre sem que se sentissem constrangidos por urinar na frente dela. E viu Joana d'Arc e seu bebê que não tinha um nome morrerem na maca ensanguentada, assim como Paulo de Tarso que levou uma facada do irmão porque se recusou a doar um rim, afinal eles nem eram amigos e nunca se sabe quando se pode precisar de um rim e a faca atravessou o Paulo de Tarso e entrou pelas costas e saiu pela barriga e ele sangrou muito pouco, porque não havia buraco para que o sangue escorresse, mas morreu mesmo assim, logo depois de contar a sua história para Anja e a médica cujo nome não se sabe.

No último ano de faculdade ela também viu morrer Ana Beatriz, muito longe de um hospital. Era uma festa dos estudantes no sítio, ela foi porque Helena insistiu e as duas já eram tão excluídas de tudo, que se não fossem os colegas iam achar que não gostavam deles. E Anja não gostava deles, mas ninguém precisava saber. Ela tomou Coca-Cola com gelo o dia inteiro, mas Ana Beatriz não.

Tomou cerveja e tomou cachaça com limão e deve ter tomado também uma ou outra dose da garrafa de tequila que corria de mão em mão, e quando todo mundo resolveu pular de mãos dadas na piscina ela foi junto. E era noite e era muita gente bêbada para uma só piscina e todos estudavam enfermagem, mas ninguém conseguiu fazer nada quando a Letícia pisou no corpo desacordado da Ana Beatriz e a boca roxa e um pouco de água que saía de lá e eles se revezavam na massagem, mas não.

No Solário morreu também a Áurea, apenas dois dias depois da sua chegada. Não morreu de tristeza, mas foi como se fosse. Ela tinha passado as quase quarenta e oito horas sem falar com ninguém e, pelo lado de dentro, era consumida pela ácida sensação de abandono. Porque não abria a boca e porque já contava mais de noventa anos, ninguém soube da pneumonia e o antitérmico que lhe ofereceram foi muito pouco para impedir que morresse rápido. Não era uma paciente de Anja, mas ela estava por perto e tentou ajudar. Fracassou.

Hipólita e Goreti Maria morreram no mesmo dia, com um intervalo de quarenta e seis minutos. Não eram amigas, mas dividiam o mesmo quarto. Conversavam só o estritamente necessário. As duas pegaram uma gripe forte no inverno de dois mil e sete e as duas reclamaram de que nada adiantava tomar o chá de limão com mel ou a água com gengibre, porque todo inverno era igual, gripe. E as duas estavam tão fracas e indispostas que não cuidaram uma da outra como faziam nos anos anteriores, mesmo que não fossem amigas eram humanas, e uma pegou bronquite e a outra não, mas morreu mesmo assim. Anja cuidou das duas, mas morreram mesmo assim.

Quintino morreu no hospital, com infecção generalizada. Caiu em casa um tombo bobo que conseguiu quebrar o seu fêmur em sete pedaços e ficou doze horas na sala de cirurgia e sua filha com dentes de cavalo pediu que Anja o acompanhasse porque as enfermeiras do hospital não podiam dar toda a atenção que o pai precisava e ela já sabia como Quintino gostava do seu leite (quando ele acordasse estaria morrendo de fome.) Ele acordou sem apetite, a sonda lhe doendo a uretra, a infecção que já estava instalada, mas ninguém podia saber. Demorou sete dias, mas ele morreu como quase todos que são velhos e ficam abertos numa mesa gelada por muitas horas. Anja estava ao seu lado, os dentes de cavalo também, mas sem sorrir.

A Júlia morreu de rir. Sabendo-se muito doente, a pele ressequida que todos os que moravam no Solário pareciam exibir, a falta de energia, de apetite, de vontade de qualquer coisa que muitos que moravam no Solário pareciam exibir, Júlia passava os dias na cama, esperando a morte chegar. Só se levantava nas noites de sábado, quando todos assistiam juntos a um filme na sala de recreação. Ela adorava, mas ia perdendo o viço e a força pra falar. Também, já não escutava direito, mas detestava admitir. Por isso, quando o mocinho do filme contou uma piada qualquer e todos riram, ela riu junto. E se engasgou com a pipoca e a manobra de Heimlich que diziam infalível, falhou.

Victor e Thomas estavam no carro que capotou na estrada que ligava aquela cidade à uma praia. Anja ia no ônibus de turismo semi-leito que foi obrigado a parar diante do acidente. Ela precisava de férias e isso não incluía, em nenhuma hipótese, os corpos ensanguentados daqueles homens que pareciam pai e filho. Mas Anja conhecia bem os primeiros socorros e teve que descer pra impedir que as pessoas movessem os corpos, porque aquilo podia ser muito pior. Os dois falaram com ela. Os dois imploraram pela vida, que os tirassem logo dali. Ninguém resistiu, nem Victor, nem Thomas, nem a vaca que atravessava desavisada e agora estava metade no capô do carro e metade não se sabe onde.

Maria foi a mulher que não freou o carro porque se distraía com o rádio e chegou uns quarenta segundos depois e morreu duas vezes. Porque o seu coração parou de bater, mas começou de novo e depois parou de novo.

Depois foi Dulce Santiago, que doeu mais do que todas as outras juntas, porque era uma morte anunciada, mas que não podia nunca acontecer; Anja acreditava, sinceramente, que a mãe era imortal. Ela desceu e subiu de escada os nove lances, simplesmente porque não sabia o que fazer. E depois desceu de novo porque tinha que tomar as providências que se tomam quando morre alguém.

Morria-lhe Dulce.

# O TIO JESUS

não ligou antes de aparecer. Ele simplesmente foi, Anja estava tentando dormir quando o inverno aconteceu. Ele disse Beatinha eu sinto muito, o que você precisa, vamos resolver as coisas. A Anja não o via há muitos anos e já tinha se esquecido daquela cara enrugada dele, aquele sorriso derretido que nunca vai embora. Ele as chamava, à Anja e à Dulce, de Beatinha e Beatona e era irônico, porque o seu próprio nome era Jesus. Mas ele sabia viver a vida, ele dizia, era muito diferente da irmã e sua filha, enfiadas dentro de casa, sem aproveitar tanta coisa que valia a pena, uma vida pequena. Agora ela morreu e você vê se aprende, vai curtir a sua vida, comer um churrasco pra ver se ganha umas carnes, porque tá mais magra que a própria fome.

A Dulce já estava enterrada e não tinha mais nada a ser resolvido e foi isso o que Anja explicou, mas o tio Jesus não queria explicações, ele estava ali pra cumprir as suas obrigações de irmão, e isso incluía falar, falar, fingir tomar providências e nunca ouvir. E nem olhar pra Anja, aquela freira sem religião. Ele deixou um cheque para ajudar com as despesas e aceitou um café que nem lhe foi oferecido. E ficou ali, sentado à mesa de jantar, o dia escurecendo lá fora e as luzes apagadas (era difícil ver Anja no escuro), relembrando os momentos bons que já tinha vivido com a irmã, como vai fazer falta a Beatona, ela era cheia de manias, sim, você sabe melhor que eu, mas ela era uma boa pessoa.

Maniática.
Dramática.
Fanática.

E Anja se sentia um pouco tonta e o gosto tão ruim na boca e aquele cheque não serviria de nada, a mãe enterrada, o caroço incrustado e o Tio Jesus que falava que elas nunca saíam de casa, mas ele não tinha ido na sua formatura, ele não tinha aparecido quando a Anja comprou o apartamento e avisou à família que eram todos bem-vindos, ele tinha estado no velório do seu pai, com aquele mesmo sorriso, mas isso já fazia tanto tempo e ele nunca lhe tinha dito que tudo ia ficar bem. E agora ele dizia que tudo ia ficar bem, o Tio Jesus que chorava e dizia que não tinha mais ninguém. E a Anja não acendia a luz porque os dentes de Jesus já brilhavam o suficiente.

*

*Eu tô aqui desde o primeiro dia. Na verdade, eu tô aqui antes disso, quando ainda era só um tapume escrito em breve Hotel Lucas estamos contratando. Eu fiz entrevista no meio da obra, de capacete e tudo, era bastante organizado. Eles gostaram de mim porque eu já tinha um trabalho, não era um desesperado faminto. Eu tava era procurando me desenvolver, crescer na minha carreira, viver novos desafios. Isso é profissionalismo. Daí me chamaram e eu pedi as contas no outro prédio e lá eles não gostaram. Eu também não gostaria. Mas não dá pra agradar todo mundo, mesmo. Eu tive também um treinamento, mas esse não foi aqui, foi do outro lado da cidade, nos escritórios dos donos do Hotel. E tive até aula de inglês, believe or not, porque a gente recebia muito gringo por aqui. Já veio gente dos Estados Unidos, da Inglaterra, da Alemanha e uns outros que não lembro. Da Argentina era quase toda semana. Eu tô aqui desde o primeiro dia, literalmente. For sure. Claro que quando era o luminoso Hotel Lucas eu não era o único porteiro. Éramos cinco, turnos de doze por trinta e seis, eu era o porteiro do dia exceto quando o Lucimar me pedia pra trocar com ele, aí eu era o porteiro da noite. O Lucimar foi embora, os outros também, houve algumas substituições, e só eu fui ficando. E aí quando o Hotel faliu eles ainda precisavam de alguém, eu fui ficando, ficando. Eu tô aqui desde o primeiro dia e já vi outras pessoas morrendo, sim, mas não desse jeito.*

*Já teve gente tentando se matar, já teve gente conseguindo. Ô. A que pulou, o Elói, infarto, infarto, infarto. A velha nojenta. Mas até isso é menos triste que a mortinha. Ainda era um hotel e a camareira entrou, ela estrebuchando na cama, a boca espumando de remédio, mas essa aí se salvou. Quem tenta se matar e não consegue é suicida e fracassado, dupla falta. Morreu também Seu Haroldo, passou mal, pediu ajuda, mas não conseguiu esperar, quando a ambulância chegou gritando ele já tava mudo e duro que nem pedra. Tem também outros que eu não lembro o nome, já passou muita gente aqui, todo dia é uma morte que aparece na minha memória. Depois some. Ninguém é inesquecível. O que nunca aconteceu foi isso, a pessoa virar múmia e ninguém descobrir nada por cinco anos. Ninguém nem desconfiar. Ninguém olhar a caixa de correio dela que, hoje eu vi, tá cheia de papel velho. Cinco anos de correspondências, anúncios de delivery. Tudo isso foi a primeira vez, com toda a certeza absoluta. Eu acho. Espero que tenha sido a última também.*

*Hoje aquele menino, o Afonso, entrou aqui como se fosse o dono do prédio. Pisando forte, os olhos ferozes chegando antes de tudo e bem na minha direção. Falou alto também, coisa de menino mimado, o que ele sempre foi. Dizem que com vinte e poucos você já é um adulto, mas o Afonso não. É um adolescente malcriado, com mania de grandeza, que se acha superior a todo mundo aqui, só porque já saiu desse lugar que ele faz questão de chamar de muquifo e agora mora em bairro de bambambã. Mora de aluguel, divide apartamento com outros três ou quatro iguais a ele, mas não precisa mais pegar elevador com gente pobre ou mais ou menos pobre ou gente acomodada que nunca quis sair daqui. Lá é um apartamento por andar e até o elevador tem chave. Coisa fina. Mas almoçar ele almoça aqui, que eu sei. A empregada da mãe, mulher redonda e estúpida que continua fazendo tudo pra ele. Hoje ele só quer saber de acusar. Me acusar. Os olhos meio vermelhos de quem chorou, meninos mimados também choram, parabéns, parabéns. É claro que ele soube da Ângela, já tá todo mundo sabendo, é como a minha mãezinha sempre dizia, notícia ruim corre rápido. Ele veio me dizer como é que eu não vi. Veio me dizer que sempre soube que eu era imprestável e o pior porteiro que ele já tinha conhecido, como se qualquer pessoa conhecesse muitos porteiros, ninguém conhece, não existe um grupo de porteiros pra você conhecer, cada um só conhece os seus e todo mundo diz que são os piores que existem. Ele me xingou porque eu não vi, mas eu ia ver o quê? E não tem nem seis meses que ele foi embora daqui. A Ângela já estava bem mortinha e ele viu, por algum acaso? Não viu. Então não venha agora ser o cachorro arrependido não, porque quem não viu foi ele. O Afonso sabe que fez merda. Cresceu e fez merda. O ciclo natural da vida: nascer, crescer, fazer merda e morrer. Bem-vindo, Afonsinho.*

# 16

Primeiro foram as coisas miúdas. Só quem não morreu sabe como é irritante ter que encaixotar as coisas de quem morreu. Ou dar para os outros. Ou arrumar espaço em casa própria. Anja não seria essa pessoa, a mesquinharia entranhada em pequenos bibelôs de porcelana ou dezenas de xícaras coloridas ou num abajur que estava sem lâmpada há muitos meses. Foi se desfazendo de tudo o que não era vital, sem pressa porque não tinha forças, mas ciente do pouco tempo que tinha. O exército da salvação fez algumas viagens, para eles era mais fácil porque usavam o elevador. Eles traziam as próprias caixas. Eles empacotavam o que era frágil (mas não Anja) e iam embora sorridentes e agradecidos. O Ramiro, que não conhecia o exército da salvação, achou que era alguma igreja nova, que aquela preta estranha e calada e gostosa do novecentos e dois estava se convertendo, porque as pessoas são idiotas e se convertem com a mesma facilidade com que trocam de roupa. Ou até mais rápido. Ele não se oferecia para ajudar, porque aquele não era o trabalho dele, mas principalmente porque era contra a Igreja Universal da Salvação, um exército de corruptos inescrupulosos de braços musculosos. Eles eram ágeis, Anja gostava de assistir.

Pequena lista de coisas que ela guardou, mas não tudo:

Dois copos de vidro.

Um vaso de cerâmica que viu morrer noventa e sete arranjos de flores.

Um cachorro de vidro verde, dois centímetros de altura.

O pote de plástico azul *royal* onde ela guardava a escova de dentes azul-turquesa e o creme dental vermelho por fora e branco por dentro.

A caixa de madeira pintada com corações coloridos e incertos e decorada com macarrão cru e purpurina, presente de Afonso quando foi Natal e quando foi passado.

Pouco ou nenhum papel, mas uma foto em que ela mesma aparecia encostada na porta de casa, com um bonito vestido esvoaçante. Era amarelo o vestido.

Um vestido amarelo.

Um prato preto.

Um prato fundo.

Um garfo, uma colher de sopa, uma colher de sobremesa, duas facas.

Seis xícaras esmaltadas que se esquentam absurdamente com o café e queimam os dedos daqueles que não estão acostumados.

Setenta e cinco imãs de geladeira de lugares que ela não conheceu, comprados todos juntos numa loja de antiguidades quando foi Natal e quando foi passado.

Uma geladeira.

Uma cadeira.

Os espelhos.

Uma vassoura nova.

Uma vassoura velha.

Trinta e cinco pacotes e oito maços de cigarro avulsos.

Seis ou sete outras coisas.

Quinze itens vitais até mesmo para quem morre.

Uns poucos móveis.

O resto foi embora. O que a igreja não levou porque pesado demais a Anja vendeu, sempre para a primeira pessoa que ligava e mencionava o anúncio e falava que podia vir buscar. Ela deu descontos pra quem pediu descontos, recebeu cheques que nunca descontou, ignorou alguns comentários sobre a sua aparência, sentiu medo do homem que a convidou para uma cerveja e disse, diante do não, ainda bem, porque magra assim eu ia te atravessar quando te pegasse. Talvez ainda te pegue, eu sei onde você mora.

O homem não levou a cama que foi buscar. A Anja não teve coragem de dizer ao Ramiro que aquele homem não podia subir outra vez. E teve medo do apartamento vazio, mas lembrou com alguma coisa parecida com ternura de um outro apartamento vazio, mais vazio que aquele, porque só tinha chão e nem luz elétrica e as roupas dela e de João no chão e ela tinha dezenove anos e a vida inteira pela frente.

(Agora ela tinha quarenta e dois e mais nada.)

A Anja conheceu o João porque uma vez o Adriano fez aniversário. E ele gostava de ir num certo bar tomar umas cervejas, não muitas, e a Anja nunca ia, porque era longe demais de casa e porque ela detestava cerveja, isso ela já tinha descoberto no primeiro gole. Mas era o aniversário do seu amigo, o seu melhor amigo, e é isso que se espera das pessoas, então ela foi. E do lado dela, numa mesa comprida (o Adriano tinha muitos amigos, e são muitas as pessoas que gostam de cerveja) estava o João, que fazia Engenharia junto com o Adriano, que adorava o Adriano, e que até já tinha escutado falar daquela amiga de infância, que honra te conhecer. O João era magrelo, nem um pouco tímido, e tinha os dentes lindos, Anja não conseguia não olhar aqueles dentes e João sorria muito. Ele era alto, mas isso ela só descobriu quando os dois caminharam juntos procurando um táxi, ele era gentil e havia se oferecido para acompanhá-la até em casa e aquilo era o mínimo que ele podia fazer depois da companhia tão agradável a noite inteira e ele nem sabia que uma menina que só bebia Coca-Cola podia ser tão interessante.

Ela também não.

Normalmente era Adriano que fazia isso, os passos lentos até uma avenida mais movimentada onde não seria difícil encontrar um táxi. E os dois dentro do carro conversando sem parar como se não estivessem juntos antes disso e, depois, quando ele voltava sozinho, em outro ou no mesmo táxi, ele se lembrava de tantos outros tópicos que deviam ter conversado mas que foram atropelados por temas mais importantes ou urgentes ou banais, porque eram muito um para o outro.

Lista de tópicos que Adriano teria gostado de discutir com Anja em um domingo de manhã:

Capivaras.

A festa de aniversário de sua mãe e o quanto ele gostaria que ela fosse, mas também como ele entenderia se ela tivesse outro compromisso ou simplesmente preferisse não.

O peixe morto.

O tênis de corrida.

O caminhão de Natal da Coca-Cola e o seu motorista

que saiu na porrada com o Fofão do Trem da Alegria, bem no meio da praça.

A Laura, de quem nada ela sabia.

Mas hoje era o aniversário dele e Anja nem se despediu porque ele parecia tão feliz no meio de tanta gente, e o João se levantou quando ela se levantou e ele era muito alto. E enquanto o táxi não passava ele comentou que ia se mudar, que já tinha vinte e três anos e que ninguém com vinte e três anos mora com os pais e que ele estava comemorando, além do aniversário do Adriano, as chaves do apartamento onde ia morar, ele tinha buscado hoje mesmo na imobiliária. E antes do táxi ele contou que era ali perto e convidou e Anja aceitou e os dois foram de mãos dadas até um prédio muito sem graça que era o número vinte e cinco de uma rua. O João era muito alto, mas Anja não tinha medo.

E o apartamento vazio e as roupas no chão e o João que era muito delicado e olhava Anja como ninguém nunca tinha olhado, claro que não era amor, eles mal se conheciam, mas era alguma coisa muito boa e os seus olhos na pele dela não doíam quando todo o resto na pele dela doía. O João também era febre em Anja. E foi por isso que ela só viu o João mais duas ou três vezes e depois pediu que ele não a procurasse mais,

Porque, quando é bom, as pessoas morrem.

Foi o que Dulce disse e não, Anja não podia suportar a ideia de que aquele menino alto tão independente morresse antes de ser feliz. Mas ela nunca deixou de pensar no apartamento vazio e o Adriano, que ficara tão contente, teve de dizer que ela estava sendo burra, que ninguém ia morrer e que ela se jogasse. E o apartamento já não estava mais vazio, afinal ele estava se mudando, ele tinha se mudado e seus pais compraram a cama e o sofá e a geladeira e o resto ele foi arrumando aos poucos e levou todos os livros e ela mesma havia comprado um vaso de cerâmica com uma nuvem branca pintada em um quadrado azul. Que se jogasse. Mas Anja nunca se jogava, ainda que o que ela tenha sentido quando o João encostou a boca em seu mamilo fosse uma coisa muito parecida com se jogar de um prédio muito alto e não morrer. Nunca morrer.

E o apartamento vazio, num resto de hotel, sem roupas no chão, devia ser mais fácil de limpar, porque não havia obstáculos. E também não havia termômetro, e sem saber se trinta e oito ou trinta e nove ou meio, não se pensava tanto na dor.

Mas não limpava.

Anja esperava, sentada no sofá, deitada no sofá, sentada no chão da varanda tão cheia de plantas onde ela e Rinoceronte já haviam sido felizes (já?). E de vez em quando ela ainda pensava em João (molhada), mas os seus dedos compridos e ressecados em nada pareciam com a mão macia e generosa do menino alto e ela nunca mais tinha conseguido repetir a sensação que ele deixara dentro dela (seca) (febre fraca). E Anja sabia que ia morrer e quando, no dia seguinte, sentissem o cheiro da morte e encontrassem seu corpo endurecido e jogado no chão, ficariam gratos porque aquela mulher não tinha deixado a louça suja e nem toda a tralha que as pessoas acumulam para tentar se convencer da boa vida que levaram. Anja ia morrer, se não hoje, amanhã com certeza.

*

*A polícia veio aqui e levou tudo. Eu perguntei o que é que eles iam fazer com as coisas dela e eles me disseram que não podiam passar nenhum tipo de informação sobre o caso. Depois, o Alberto me contou que eles vão incinerar, que é a mesma coisa que queimar. A polícia não teve problema nenhum em dar essa informação pro síndico, parece que o impedimento serve só pro porteiro mesmo. Eles vão queimar tudo, porque ela não tem família, não apareceu ninguém pra reconhecer o corpo ou pra dizer qualquer coisa sobre ela.*

*Se me perguntarem, eu posso falar.*

*Ela tinha uma mãe que morreu. Morreu dos pulmões, eu acho. E agora vão queimar as coisas da filha que morreu de não se sabe o quê. Ou sabem, mas não querem me falar. Vão queimar tudo, foi o que eles disseram, mas eu duvido. Eu acho é que eles vão incinerar só aquelas coisas que nenhum polícia quis, que nenhuma mulher ou filha ou mãe de nenhum polícia quis, que não tinha utilidade na casa de ninguém ou mesmo na delegacia. Isso sim vai pra fogueira, o resto eles pegaram sem a menor culpa, sortearam quem escolhia primeiro e foram, cada hora um, o rodízio guloso de quem já não se constrange com nada, até que acabaram os objetos de valor. Vão incinerar uma geladeira? Bem capaz.*

*Agora o apartamento tá vazio, vazio. Só as plantas na varanda, parece que eles esqueceram ali. Até os espelhos escondidos foram embora, eu sei porque eu procurei, eu achei bonito isso dos espelhos, como se fosse poesia. As plantas ficaram todas, eu tive que descer pra pegar um balde, porque nem isso eles deixaram aqui. São bonitas as plantas, verdinhas. Eu fui falar com o Alberto, ó, as plantas ficaram e ele me disse que foi de propósito. Que os policiais acham que as plantas têm espírito por que nada explica elas continuarem vivas depois de tanto tempo. Cinco anos. Aí os tão corajosos policiais preferiram não encostar, tem maldição que é perigosa. O Alberto acredita também, porque me deu as chaves e pediu pra eu dar um jeito nelas e depois trancar a porta, a zebra continuava lá. Eu ri. Aquilo ali é Ogum, eu sei porque eu vi a espada de São Jorge, salve. É Ogum e a chuva, claro, que cai de tempos em tempos e não mata ninguém. Se a mortinha morasse na varanda, talvez estivesse viva também. Mas morreu.*

*

*Envelhecer é difícil, mas morrer deve ser pior. O corpo que nunca quer parar, não foi criado pra isso, e aí vai rifando tudo aquilo que não é essencial pra tentar ganhar a guerra. Tem gente que perde os dentes. Tem gente que simplesmente para de defecar, ou seja, cagar. Tem quem mije sangue, quem perca a pele, quem se esqueça das coisas, todas as coisas. A boca, os intestinos, os rins, nada disso importa enquanto o coração ainda funciona. Tem gente que perde tudo, mas o coração não para de bater. Até que para.*

*Aí, não tem vontade de viver, não tem orixá nem santo, nada salva. A carne vira carniça, a pele esfria, os olhos ficam vidrados em qualquer coisa até que generosas mãos escorreguem pelas pálpebras e atestem que tudo acabou. O mau cheiro chega e é insuportável e obriga os que ainda têm coração pulsante a esconderem os corpos, fundos na terra ou no meio do fogo mais quente e irracional.*

*Mas se você vira múmia, não: você não fede e aí ninguém descobre que você morreu. Em cima da terra, no chão acarpetado de um apartamento, não tem bichos para te devorar. Mas não deve ser bonito. Você seca como um pedaço de pau, o corpo chupado e não importa se você já tenha sido gostosa um dia. E, nossa, você foi muito gostosa um dia, eu olhava a sua bunda a cada vez que você passava nessa portaria penumbrenta, a bunda redonda perfeita que quase iluminava o lugar e eu não me arrependo, sabe?*

*Eu quase acho que você mereceu. Morrer não, mas o resto. Você não foi a única, mas foi a melhor. E o seu cheiro, e a sua bunda, e a pele manchada esquisita e eu não me importava, com essa bunda você podia ser até verde.*

*Mas você era preta. Preta e cheirosa. Era a mais cheirosa desse prédio, sabia? (Agora é a Odília, vê se isso é nome de mulher bonita.) Agora você é um monte de pele murcha e dizem que o seu cabelo caiu mas eu não vi. Ainda bem.*

*Como é que eu não vi a sua bunda parando de passar?*

# 17

Esperar a morte não é a mesma coisa que desejar a morte. E isso também é diferente de convidar a morte a entrar, de servir uma bebida quente para a senhora séria que só tem um trabalho, que é te levar junto com ela. Anja teve sucesso nas duas primeiras, esperou a morte com devoção e depois a desejou com toda a força que ainda restava em seu corpo. Mas fracassou na última. Não soube e nem nunca saberia como agradar a morte, como convencê-la de que aquela era a sua hora. E de mais ninguém. Quando foi carnaval e o mundo brincava do lado de fora, ela decidiu que não era mais sobre espera ou aceitação e que se aquele caroço estúpido não era capaz de terminar com uma vida vazia, ela seria.

As náuseas já não deixavam que ela raciocinasse claramente: era tudo urgente e, ao mesmo tempo, nada importava. O estômago vazio e, por isso, vomitar não era uma opção. E não havia fome, há tanto tempo não havia fome, mas Anja era uma pessoa que conhecia tantas e diversas mortes e sabia do terror da inanição e era muito melhor ter a força necessária para uma decisão mais eficiente do que a burrice de se acabar em ossos que já não sustentavam nada. Anja não era burra. Por isso glicose, um acesso contínuo na veia do braço esquerdo, a única veia boa daquele corpo inteiro e sempre tinha sido assim, desde menina era por ali que entrava qualquer fluido que o corpo precisasse com urgência suficiente para se ignorar o estômago. Por ali, já havia saído sangue para todos os exames que contavam uma vida e para doação, seis ou sete vezes; Anja era a doadora perfeita: peso médio, idade média, vida sem graça e sangue raro. Uma veia gorda, roxa debaixo da pele preta, um cateter fino e um saquinho transparente que Anja pendurava no prego onde antes havia um quadro qualquer. Tinha que ficar no alto para o sangue não voltar, sabia disso mesmo antes de entrar para a faculdade. Um saco por dia, o suficiente para se manter ali, a glicose estocada e inofensiva. Manter-se viva para se matar é também uma forma de lutar.

Anja estava confiante. Foi na manhã da quarta-feira de cinzas que ela resolveu acabar com a vida, sem drama.

Era uma decisão prática e levemente burocrática, uma atitude que qualquer pessoa tomaria, se estivesse em seu lugar. Ela usava um vestido preto que, por óbvio, estava muito folgado no corpo que nunca parava de emagrecer. Debaixo do chuveiro, entretanto, a pressão da água fazia com que o tecido grudasse na pele e ela ainda teve tempo de pensar que, de repente, se parecia com a mãe e seus vestidos muito justos e sempre tão bonitos.

A lâmina não precisa ser grande, só afiada. Entra fácil na pele, sobretudo se cansada e enfraquecida e amaciada pela água. Anja sempre fez questão de um bom chuveiro, a água era quente, quente, a fumaça incessante que combinava com sua tontura infinita. Ela sabia: cortes profundos e definitivos nos dois pulsos, no sentido certo, em direção ao coração. Profundos e definitivos. No momento em que a lâmina encosta na artéria, o sangue jorra desenfreado, sai do corpo com violência e urgência e vontade de ocupar todos os espaços, o sangue que quer sangrar vermelho e livre por todo o lugar. Mas não há problema porque Anja está no chuveiro e a porta de vidro fechada e a água quente que corre e a fumaça que acalma e, no dia seguinte, depois que a encontrassem morta e sem sangue seria só remover o corpo e deixar a água escorrer por mais um tempo e tudo novo de novo, já poderiam colocar o apartamento à venda, sem alarde, era um dos bons do Edifício Hotel Lucas. E ela teve, inclusive, o cuidado de não se sentar em cima do ralo para que a água não empoçasse e não escorresse banheiro adentro, banheiro afora, ela queria morrer sem barulho e sem infiltração. Ela cortou os pulsos, dois cortes absolutos e assistiu tranquila quando o vermelho tomou conta da sua pele e nunca perdeu a calma, mas perdeu a guerra.

Faltou coragem. Não morrer. Estancar o sangue. Fechar a pele. Veloz, ela enfaixou os dois pulsos e fez pressão, toda a pressão do mundo como sabia que teria que ser, a mão direita apertando forte o braço esquerdo e também o contrário e depois de longos minutos enquanto ela se sentia ainda fraca e ainda calma, ela se levantou e esperou que o sangue que restava chegasse à cabeça (não desmaiar) e caminhou lenta com o vestido molhado pelo apartamento e encontrou um kit de primeiros socorros e um velho kit de costura e precisou dos dois porque costurou o braço esquerdo mas não o direito porque sozinha e destra. Ela apertou a faixa branca-vermelha enquanto pôde e tomou antibióticos e cuidou das feridas como se quisesse viver. Porque era isso que Anja fazia, estancar o sangue. Era isso que haviam lhe ensinado nos anos de estudo, nos anos de residência e no resto da vida. Anja não sabia deixar um corte aberto jorrando sangue num banheiro azul.

E ainda estava viva

o vestido molhado

o banheiro molhado

e o sangue pouco, mas vermelho-suficiente.

E até um corpo doente tem uma capacidade disparatada de se regenerar e muito antes do fim da quaresma as feridas já estavam quase boas, dois queloides esbranquiçados e profanos que eram o atestado de uma cicatrização medíocre quando deveriam ser o atestado de óbito. O braço esquerdo mais bonito que o outro, mas os dois funcionais da mesma maneira, mesmo que o resto do corpo nem tanto. E a morte de Anja, a iminente e tão descarada morte, só chegaria quando quisesse e não importava nem um pouco se ela já se sentia meio morta, o coração ainda batia e o pulmão ainda oferecia todo o oxigênio que o corpo precisava, de modo que não importava se a cabeça andava confusa e parecia vazia, ela já tinha sobrevivido a essa sensação uma vez porque ela já tinha sobrevivido ao resto da vida.

E o resto da vida, por vezes, tinha sido pior que um câncer, porque mesmo sem crescer ele doía.

# 18

Anja cuidava das feridas com o mesmo fervor com que ignorava o resto. Ela limpava a pele mole em volta dos cortes, tirava delicadamente as cascas secas que impediam a cicatrização completa, besuntava aquelas linhas bem feitas (e mal sucedidas) com pomada antibiótica, quatro vezes por dia. Limpava porque sabia como, porque achava bonito a pele renascendo amarelada como uma planta que havia sido regada demais, mas que insistia em viver porque sim. Anja limpava porque gesto automático, não morrer, estancar o sangue, afastar a infecção. E Anja vivia, mas não escovava os dentes que lhe restaram, apesar do cheiro insuportável que havia se alojado em sua boca. E se escovasse, também, o cheiro não arrefeceria porque vinha do caroço incrustado no fundo da sua garganta, rígido e ressecado como o câncer que era.

Ela já não desembaraçava o agora escasso cabelo há semanas e cabelo de gente preta quando embola é pior que a peste, Dulce dizia. Não tomava banho porque a água quente derrubava a sua pressão e a água fria sempre havia sido insuportável – e qualquer uma doía em uma pele que já não suportava. Usava uma toalha úmida quando o rosto fervia em febre e era só isso, mas não adiantava. As unhas, que tinham parado de crescer, se quebravam ao menor atrito e ela não lixava essas lascas, mas recolhia cada eventual pedaço que se soltava do seu dedo e caía no chão, porque não era uma porca. Caminhava em agonia até o banheiro quando a bexiga pedia, quando os intestinos doíam e depois se limpava compulsivamente, até que as peles finas das áreas escondidas ficassem esfoladas, porque ela tinha pavor de que a encontrassem com qualquer resquício de merda que daria a alguém o direito de lhe chamar de imunda. Uma vez, criança ainda, a Anja havia derrubado uma papa de molho de tomate com queijo ralado na camisa e, contrariando as instruções da mãe, que já estava nervosa com os carboidratos, ela não tirou a blusa, não a colocou de molho, não esfregou o sabão neutro que seria a única chance, mas continuou assistindo ao desenho animado que gritava na televisão. E Dulce disse imunda e aquilo machucou fundo, mesmo que ela não tivesse certeza do que significava aquela palavra. Era ruim, doía e na frente das imagens frenéticas e exageradamente coloridas daquela caixa de vidro ela decidiu que nunca mais seria chamada de imunda na vida, porque não era.

Por isso, limpava seus orifícios com insistência e cuidava dos cortes com fúria, mas deixava o resto acabar. E enquanto a morte se aproximava, muito mais lenta do que ela gostaria, não passava nenhum filme na sua cabeça, como disseram que passaria, era muito mais como imagens soltas que pareciam desconectadas umas das outras e mesmo de Anja. Era um cachorro de pelo azul que mastigava o seu Rinoceronte ao mesmo tempo em que gargalhava compulsivamente, como se isso fosse possível. Eram as mãos enrugadas de Ramiro que escorregavam sobre o seu corpo que parecia pesar cento e cinquenta quilos, mas não pesava mais de quarenta.

Se pudesse, a Anja tinha matado o Ramiro.

Era Francisco deitado em uma cama na Casa de Repouso Solário, idoso como ele nunca havia sido e dizendo a Anja que viveria pra sempre e que ela não se preocupasse com isso e nem com o resto da vida. E que ela nunca mais cortasse os pulsos porque isso era muito pouco prático, e que se ela quisesse se matar teria sido muito melhor uma corda no pescoço. Melhor e mais plástico, os enforcados são bonitos, bonitos.

Eram algumas lembranças, também: o dia que Helena roubou o carro do pai e passou na casa dela sem avisar e as duas cantaram durante duas horas até que chegaram a uma cidade incrustada no meio da montanha e olharam a paisagem e depois voltaram, cantando as mesmas músicas que haviam escolhido na ida, desafinadas e felizes.

Aquela vez em que Anja foi ao salão e secou o cabelo tão esticado que parecia uma branca e quando Dulce abriu a porta disse que linda, meu deus, que linda, e as lágrimas nos olhos da mãe que viraram lágrimas nos olhos da filha.

O fim de tarde em que todos os funcionários na loja de móveis ignoraram a presença dos dois adolescentes deitados num colchão caríssimo e apagaram as luzes e começaram a descer o imenso e pesado portão e os dois, uma Anja e um Adriano que tiveram que gritar e correr e era muito difícil fazer isso em meio às gargalhadas de pânico e prazer, mas eles conseguiram. E gostaram de ser invisíveis e nunca mais conseguiram outra vez.

O elevador e o Ramiro e as laranjas no chão.

O dia em que ela usou um vestido de bolas com alças finas e quando passou pela portaria o Ramiro disse que o vestido era manchado que nem ela rarrarrá.

Eram lembranças e eram imagens desconexas e era o estômago vazio que doía, mas o resto do corpo doía também e ela ficava ali, esperando a morte porque não tinha morfina. O sofá era o seu lugar preferido, porque a cama fazia doer as suas costas e ela sentia frio e suava e colocava e tirava roupas sem parar e o braço esquerdo sempre nu por causa do cateter, a glicose que não deixava que ela morresse, mas que não lhe enchia o estômago.

Glicose não enche barriga.

Ela tinha um relógio de pulso que parecia parado, mas não estava. Chovia e fazia sol e depois chovia de novo e por isso ela não precisava molhar as plantas e podia ficar quieta no sofá até que se acabasse. E ela morreria logo. Se não hoje, amanhã no máximo.

# 19

O Rinoceronte já não gostava do patê de carne que a Anja comprava. Era colocar o pequeno pote no chão e ele virava a cara, como se aquele cheiro lhe causasse náuseas. Ela tentou também carne vermelha, crua, picadinha. Não. Nem peixe. Nem leite. O Rinoceronte tinha muitos olhos e olhava faminto pra ela, que não sabia o que fazer. Até que ela começou a cortar uns nacos da própria carne, que ele comia com gosto, a fuça inteira coberta do sangue doente de Anja. Algumas vezes o Rinoceronte nem esperava que ela terminasse de arrancar o pequeno pedaço de coxa ou barriga e, porque ela estivesse demorando demais, ele puxava a pele com os próprios dentes e carregava a carne pra comer em outro canto.

O apartamento continuava igual, mas alguém tinha pintado todas as paredes de preto enquanto Anja dormia. A Dulce morta continuava deitada na cama do quarto de hóspedes e, às vezes, quando Anja passava por ali, ela reclamava de frio. E o Ramiro também vinha, pedir cigarros ou pior. E o Afonso via e ria e ria. O Afonso de cinco anos de mãos dadas com o de quinze anos e os dois cheios de dentes e nenhuma pena.

Anja sabia que nada daquilo era possível, mas na maior parte do tempo não tinha forças para se convencer dos seus delírios, devia ser a febre, ou o câncer, ou o estômago absolutamente vazio há tanto tempo. Talvez tudo junto e ela sozinha. Num dos cada vez mais raros momentos de lucidez, ela escreveu, em pequenos papéis amarelos espalhados pela casa, que era tudo mentira. Mas quando o Rinoceronte de muitos olhos miava faminto, ela se apavorava e não havia post-it que a convencesse do contrário. Ela olhava o próprio corpo e ele ali, inteiro, dois braços, duas coxas, barriga, pescoço, caroço, mas podia sentir a dor que a faca pontuda lhe causava na pele a cada vez que o bicho queria comer.

Anja tinha enterrado o Rinoceronte nos jardins do Edifício Hotel Lucas, então como é que ele podia estar de volta agora? Ela tinha enterrado Dulce, num cemitério para as pessoas de classe média que elas eram, numa manhã que já ia distante. E se os mortos voltavam da terra, porque é que Francisco não?

Ela chamava Francisco, com o resto de voz que conseguia atravessar o caroço da garganta, mas o Francisco nunca respondia. Quem vinha era o velho Jacinto, um antigo paciente do Solário, completamente surdo, mas que nem por isso deixava de falar. Ele olhava no fundo dos olhos cansados daquela mulher e falava e falava, numa língua só dele, ininteligível e muito alta, fazendo doer os ouvidos da única pessoa que era real ali, no meio do caos.

A Anja se lembrava do Jacinto como se lembrava de todos os outros que passaram por aquele prédio pequeno, de elevadores enormes, que eram pra transportar as macas dos doentes com celeridade e eficiência. O Jacinto já morava ali antes mesmo de ela chegar, nem era um idoso na acepção legal da palavra, mas a sua família tinha achado mais fácil não ver a decadência de uma pessoa que não podia escutar. Ele que tinha sido um adereço inútil durante tantos anos, pulando de casa em casa numa família cheia de irmãos, seria o adereço mais duradouro daquele asilo que preferia não ser chamado assim. O Jacinto não entendia por que é que a sua família tinha escolhido aquele lugar para que ele passasse o resto da vida e era isso que ele tentava descobrir há quase vinte anos. Ele era surdo, não cego, e via que os outros moradores daquela casa eram velhos e velhas muito velhos, quase morrendo, que não conseguiam tomar banho sozinhos e que nem tinham dentes para escovar. E ele se sentia bem, era forte, ativo, fazia suas caminhadas todas as manhãs, no espaço restrito que é um asilo. Mordia sem hesitar uma maçã. Comia milho. Roía as unhas. E mesmo os velhos tão velhos recebiam visitas, o que nunca lhe acontecia, e Jacinto não entendia e falava cada vez mais alto e cada vez mais desordenadamente e Anja não conseguia entender, mas sabia como fazê-lo se acalmar. A Anja gostava do Jacinto, mas não imaginava que seria a sua imagem que a atormentaria agora, nesses últimos instantes antes de morrer. E ela chamava Francisco e só via Jacinto e ele não queria comer a carne dela, mas Rinoceronte sim.

A pele já tinha escaras e isso não era um delírio. Era estar o tempo todo deitada no sofá em uma única posição possível e ela sabia, melhor que ninguém, que era exatamente assim que se conjurava a horrível criatura que devorava a pele dos doentes, mas ela não conseguia fazer diferente. Nos poucos instantes em que Anja estava em pé, ela pensava em se deitar, a cabeça pesando mil quilos ou mais, e agora ela queria morrer. Ela só queria morrer. E ela morreria, mas quando?

(E os fantasmas que nunca vão embora.)

# 20

É tudo mentira.

# 21

É tudo verdade.

*

*Eu pedi outra vez a chave pro Alberto e é claro que ele me perguntou pra quê. Eu disse que tinha faltado uma planta, mas a verdade é que eu não sabia muito bem o que eu tava fazendo. Só que eu tô sempre voltando, né. Tá tudo vazio agora. Mas o cheiro não vai embora, nunca vai embora. É um cheiro pesado, parece que se impregnou nas paredes e no chão, que é tudo o que tem agora: parede e chão. Não tem mais sofá, não tem cama, não sobrou nenhuma cadeira pra descansar as pernas, eu fico no chão, as costas apoiadas na pintura já cansada, cor gelo ou cor champanhe, é tudo igual. Depois é uma luta pra me levantar, porque eu tô velho e cansado e ainda o negócio do meu pé, mas eu sempre consigo. Eu tenho passado a noite aqui. Na primeira vez, eu nem percebi, quando vi já tava amanhecendo e era hora de trabalhar e eu não bato ponto mas o Alberto sempre dá um jeito de passar na portaria logo cedo pela manhã, mesmo que vá dormir de novo depois. Ele precisa saber que eu cheguei, só sossega assim. Eu fiquei lá em cima sentindo o cheiro que eu não sei descrever, mas que deve ser o cheiro da morte, e pensando na vida. Pensando em como deve ser horrível morrer sozinho em qualquer lugar, como deve ser triste que ninguém perceba que você já não existe. Eu devia ter prestado mais atenção, eu tinha que saber onde é que você tava. Mas onde é que você tava? Ainda bem que eu tenho o José, faz tempo que aquele filho da puta não me liga, mas é claro que se eu morresse ele ia me procurar. Claro que sim.*

*O cheiro até que combina com o apartamento. Até que combina com ela, na verdade. Essa coisa pesada, estranha, difícil de explicar. Solidão. E o dia do elevador. Não é como se eu tivesse planejado. Isso de planejamento é coisa de quem tem dinheiro e tempo de sobra, eu não tenho nenhum dos dois. Eu vou com o que a vida me oferece e, você vai me desculpar, naquele dia ela me ofereceu você. Que, tirando a bunda, nem era lá grande coisa, mas era o que tinha. Eu não me arrependo, não. Mas eu não sabia que você ia morrer. Todo mundo morre, eu sei, eu tô dizendo que não sabia que você ia morrer assim. Sozinha nessa merda de apartamento. Como é que ninguém percebeu? Mortinha, mortinha.*

*Você devia me agradecer. No fim, eu fui seu último amor.*

*

*Evitar o Alberto não é fácil. O sujeito tá em tudo quanto é canto. Onipotente. Onipotente ou onipresente? Não tenho certeza, mas ele sempre aparece onde a gente tá. Onde eu tô. Se eu não trabalhasse eu também ia ser assim, dedicado a vigiar a vida alheia. Mas hoje eu não tô podendo cruzar com ele, porque ele vai pedir a chave. Cheguei a pensar em fazer uma cópia, mas isso já é crime e se tem uma coisa que eu não sou, essa coisa é bandido. Mas eu ainda preciso voltar lá, vai ser a última vez dessa vez.*

*Hoje cedo, quando eu tava saindo, senti essa coisa estranha, a sensação de que tinha mais alguém no apartamento. Não foi barulho. Era só o ar um pouco mais pesado, a impressão de que tinha alguém respirando junto comigo. Eu sei que isso é besteira, a porta tava trancada por dentro e aquela faixa amarela e preta é muito poderosa pra espantar as pessoas: não é todo mundo que tem coragem de ultrapassar. Porque você assume riscos, né? Além do quê, tem que ter o jeito certo de passar nos vãos, porque se a faixa arrebenta a polícia descobre e aí ferra tudo. Eu já aprendi. Por isso eu fiquei pensando que talvez não fosse gente que tava lá, mas outro tipo de presença.*

*Eu pensei em duas possibilidades: ou era a mortinha, ela mesma, ou Ogum, ele mesmo. Eu não tenho nada pra fa-*

*lar com nenhum dos dois, mas hoje eu vou voltar pra descobrir quem é que anda por ali. Se for a mortinha, tem umas simpatias pra encaminhar a alma, pra pobre diaba não precisar ficar vagando pelo lugar que lhe foi tão maldito. Se for Ogum, aí só oferenda mesmo. Feijão com camarão, é o que ele gosta. Mas antes eu preciso passar pelo dia de hoje sem esbarrar com o Alberto.*

*A chave no meu bolso, a cada cinco minutos eu coloco a mão lá dentro e aperto bem forte, até machucar a pele, pra ter certeza de que continua ali.*

*E continua.*

# 22

Anja não sabe se tem os olhos abertos ou fechados. É alta madrugada, mas ela também não sabe disso, porque faz muitos dias que perdeu a noção do tempo. As janelas e cortinas estão fechadas e nenhuma luz entra ali, ela vê o preto e só o preto e nem tenta entender se aquilo é dentro ou fora da sua cabeça.

A secura da boca já se transformou em dezenas de pequenos cortes que doem e doem sem parar – e sem nada, nem a saliva, para engolir, Anja não incomoda o caroço que parece ter assumido o controle.

A bola no meio e o resto do mundo em volta.

O corpo sem utilidade e quase sem carnes protegendo aquelas células anormais e desconfiguradas que eram muito mais fortes que o resto (que resto?) e que se reproduziam loucamente goela abaixo, goela adentro. O sofá feito de espinhos muito finos que lhe perfuram a pele já machucada, totalmente ressequida (ainda preta), mas nunca insensível. Os mortos que a visitam, de tempos em tempos, que reclamam do frio, que comem-lhe as carnes, que gritam. Muitos mortos e alguns vivos e ela ocupando um apartamento que, mesmo sendo um dos bons, era bom para duas, no máximo três pessoas. O Francisco que nunca vem.

Como um cachorro idoso e sebento que já passou da hora de ser sacrificado, Anja fica ali, deitada em cima dos próprios excrementos, sem saber que o cheiro insuportável que se acumula vem de dentro dela.

Não, ela sabe.

Claro que sabe.

Basta ter nariz para reconhecer o cheiro de mijo: ácido, azedo, inconveniente. Sem abrir os olhos a Anja chora, porque amanhã, quando encontrarem o seu corpo, vão reparar na fraqueza daquela mulher patética e na imundície daquela cena. Ela chora, mas não se levanta. Se o seu batismo no mundo dos mortos tem de ser feito com urina, que seja.

Em nome do pai

do filho

do espírito santo

Amém.

Mas o cheiro de mijo ainda está lá. A dor ainda está lá. A vida continuava naquele cômodo escuro, ainda que parecesse cada vez mais fraca. Anja também, ainda ali e cada vez mais fraca. Já deviam ser dois ou três dias sem a glicose na veia (não haviam-se passado nem oito horas, coitada) e agora era só morrer de fome,

mas morrer de fome não é pra qualquer um.

*

*Eles ficam do lado de fora feito abutres. As câmeras fotográficas e as filmadoras são enormes, mas os olhos deles também. Eu sei que eles estão todos loucos pra entrar aqui, pra ver a casa da mortinha, pra tentar descobrir qualquer informação excepcional que vai ajudá-los a vender mais jornal. Morreu e ninguém viu.*

*As pessoas não prestam, mesmo. Querem sensacionalizar uma tragédia dessas. Cinco anos morta e ninguém nem aí e agora é como se ela fosse alguém importante. Pra mim era. Tentaram falar comigo, outro dia, mas é claro que recusei. O Alberto apareceu lá fora, de terno e gravata, como se fosse essa a roupa que ele usa todo dia. As pessoas se revelam diante da dor do outro. Tem quem se alimente da dor do outro. Eu tenho feito as minhas refeições no apartamento, acabou que eu tirei cópia da chave mesmo, tava difícil continuar fugindo do Alberto.*

*Eu subo pra comer, porque aqui é silencioso, eu tenho sossego de verdade. Porque se eu como lá no quartinho, acaba que eu escuto a movimentação na portaria e sempre me levanto e vou trabalhar na hora que devia ser o meu intervalo e isso não é justo.*

*Também eu gosto do silêncio que tem aqui, o espaço*

*todo vazio e o cheiro que nunca vai embora. Eu já abri todas as janelas, mas não adianta, continua aquele peso esquisito e agora eu já me acostumei. De vez em quando vem esse vento gelado e eu não sei, mas pode ser ela. Também pode não ser, eu já trouxe o que Ogum me pediu, o camarão e o inhame e feijão e cerveja. E a taioba, um monte da taioba.*

*Eu fico, parece que o silêncio faz a gente pensar melhor. Eu gosto de fumar os cigarros dela, na casa dela e aí, por respeito, eu penso nela. Tem que ser assim. E é quase como se ela aparecesse, eu não acredito nessas coisas, mas não tô sozinho. Eu trouxe uns objetos pra ficar mais à vontade: uma garrafa de café, um almofadão, um cinzeiro de vidro, desses bem chiques. O Alberto já não vem, a polícia menos ainda. Levaram tudo. Agora, eles dizem, tem que esperar o prazo e colocar o apartamento pra leilão.*

*Se eu pudesse, eu comprava.*

*Às vezes eu penso na tragédia, mas a maior parte do tempo eu penso em como foi bonito o nosso encontro. E o elevador, tão intenso. Foi rápido, mas significou tanta coisa. Já tinha muito tempo que eu não sentia esse calafrio no corpo e o pau duro. Eu vou pro quarto dela e fico lá, sem enrolação porque eu tenho horário, mas essas coisas merecem um mínimo de romantismo. E aí, eu tenho certeza que ela tá me vendo, que ela sente aquela explosão também. Delícia.*

*Eu limpo tudo e vou embora.*

*Mas ela vai comigo, a gostosa.*

*Eu tirei todo o pó das janelas e das cortinas, eu nunca tinha visto tanto pó assim.*

*Pó de porca.*

# 23

Por três vezes naquela manhã Anja acha que está morta. O silêncio é tão absoluto e o vazio tão imenso que ela demora a perceber que o simples fato de achar que está morta é a prova de que está viva. Na terceira e última vez, ela pensa que aquilo é algum tipo de *delay*, um atraso normal do processo, como as últimas vezes em que as pás do ventilador giram, mesmo depois que você puxa o fio da tomada.

Mas o pensamento não vai embora (nunca vai embora) e, por isso, ela tem que admitir que ainda não morreu.

O vazio é tão imenso que não deixa espaço nem para os delírios, nenhuma visita daqueles que ela já enterrou, ou que assombram mesmo estando vivos. E já não dói, também. E não há fome. Ela só faz pensar que está viva. Que não deveria, mas está. Sente o seu peito subindo e descendo com a respiração que não está mais fraca, ou mais lenta, ou esparsa. É a mesma respiração de sempre.

O silêncio é tão imenso que ela escuta o coração bater. No mesmo ritmo de sempre.

Ela abre os olhos.

Ela fecha os olhos.

Ela abre os olhos outra vez e suspende o pescoço, só o suficiente para ver o mundo em volta. É escuro, ela precisa esperar que os olhos se acostumem (será que ela tem tempo?). Ela abaixa o pescoço até que isso aconteça. E levanta outra vez (sim).

Tudo em ordem, a casa limpa, o corpo não, mas foi o melhor que ela pôde fazer.

Anja fez exatamente o melhor que pôde, todos os dias.

Ela fecha os olhos.

E abre a boca.

– Meu nome é Anja. É o feminino de anjo.

Este livro só existe porque Rosário existiu.
E Rosário vai ficar para sempre nas generosas palavras
de Silvia Rodríguez Pontevedra, que contou uma história
com sensibilidade e respeito.

A vida segue, na ponta dos pés.

Sorte é um nome de quatro letras numa casa de muitas portas.
E um sorriso que me diria tanta coisa - que me diz.
Em paz, você vai, a gente segue.

---

Esta obra foi composta em Charter
em outubro de 2020 para a Editora Patuá.